この小説に登場する地名、建造物名はいずれも実在のものです。
また、地理、歴史、建築に関する記述は、すべて事実に基づいています。

プロローグ

「かくかくしかじかこういうわけで、まあ要するに、そういうことだよ鈴ヶ森《すずがもり》クン」

「え？　全然わからなかったんですけど、どういうことですか？」

「ひとことで言えばテストプレイだ」

「テストプレイって……この私が、よりにもよって謎解き小説の？」

「健康な足と冴《さ》えた頭脳以外に何も準備はいらないらしい。遊びのつもりで挑んでいいから、いつもの仲間と一緒にやってみてくれないかな」

「い、いやあ……」

神楽坂《かぐらざか》の焼き鳥屋で、一人の女子大生が担当編集と向かい合って目を丸くしていた。

鈴ヶ森ちか、新人漫画家。

学業の傍《かたわ》ら漫画を描き続け、企画をボツにされたり、そのダメージを癒《いや》すため旅をしたりしながら過ごす、旅好きな大学生だ。打ち合わせ後になぜか突然誘われて焼き鳥を食べにきた。

対するは、電撃マオウ編集部の吉本《よしもと》さん。

編集者というよりは鬼教官のような女性で、新人育成のためと言いながらぶっ飛んだ方法で試練を与えてくる人だ。いつだったか、ちかは吉本さんのアイデアで行き先も知らぬまま夜行バスに乗せられる旅に出たことがあった。夜行バスなんて初めてだったのに……。

今回の依頼も、ちかにとっては同じくらい突然の話だった。

電撃文庫というライトノベルレーベルから出版される謎解き小説の内容が本当に成立するかどうか、実際に謎を解いて確かめてほしいというのだ。

ちかは探偵ではないし、特段ミステリ好きというわけでもない。というかむしろかなり疎《うと》い方だ。だから、吉本さんの誘いには戸惑いしかなかった。

「いいじゃないか、電撃マオウ編集部のお金で焼き鳥も食べたところだし」

「これってそういう意味だったんですか！」

うっかり買収されてしまった。突然焼き鳥を食べようだなんておかしいと思っていたのだ。

手元の串を、ちかは複雑な気持ちで見下ろす。とてもおいしいレバーだった。レバーと聞いて想像していた苦手なにおいは全くなくて、舌の上でクリームのように溶け、甘く、振られた塩に引き立てられた旨《うま》みをいつまでも味わっていたくなるような。

これは、いわば報酬の前払いだったのだ――。

「うぅーん……」

漫画家志望の自分を新人賞で拾ってくれて、読み切りまで掲載してくれた電撃マオウには恩がある。さらにはいいとこの焼き鳥までご馳走《ちそう》してもらったちかは、断りづらかった。

「おいしかったでしょう。食べたぶんはしっかり働いてもらわないとねえ」

「あの、別に嫌ではないんですけど……私、あんまり上手《うま》くできる自信がありません」

「大丈夫。電撃文庫編集部の話では、特別な知識がなくても問題ないそうだよ。本格推理小説を読んだ経験がなくてもいい。死体は転がらないし、不可解な密室も出てこないはずだ」

吉本さんは赤ワインをいかにも悪役っぽく揺らしながらそんなことを言うのだった。

「でも、私が探偵役になるってことですよね？　無茶ですって……」

「探偵役にもいろいろあるんだよ鈴ヶ森クン」

「いろいろ、ですか」

「この企画で君が解くのは、実際の土地に根差した謎。指定された場所をいつも通りぶらぶら歩きながら、気軽に考えてみればいい。それならできそうだろう？」

「……確かに歩くのは好きですけど」

「先方も、よく歩く旅好きの人にやってほしいと考えていたみたいだ。謎解きに詳しい人にお願いしたければ別の人に頼んだだろう。せっかくの依頼なんだし、やってみたらどうだい？」

「はあ……」

ちかは悩んだ。パラシュートも何もない状態で飛行機から飛び降りろと言われているような気分だった。自分が謎を解く様子なんてとても想像できない。

でも、旅は好きだ。歩くことも好きだ。旅先で歩いているうちに新しい発見があると心が躍る。これはそんな私に向いていると思って吉本さんがもち込んでくれた仕事なのだ。
謎解き小説のテストプレイなんていう聞いたこともない依頼だったが、思い切って挑戦してみれば、何か漫画に活《い》かせる刺激があるかもしれない。

焼き鳥も食べてしまったことだし。

なんとなく、これは登ってみた方がいい階段のように思えた。ちかは覚悟を決める。

「……わかりました、やってみます」

「うむ。そう言ってくれると思っていた。じゃあ鈴ヶ森クン、よろしく頼むよ」

と、吉本さんから手渡されたのは――

真っ白な封筒と、そしてなぜか、丸々と太った豚の貯金箱だった。

第一章☀鉄と水の道

第一章　鉄と水の道

ちかが真っ先に頼ることにしたのは、歴史好きの可愛《かわ》い後輩だった。

鵜木《うのき》ゆい。高校の先輩後輩だったちかとゆいは、卒業後も交流を続け、今ではときどき一緒に旅に出たりもしている。例の意味不明な依頼を受けたとき、真っ先に彼女の顔が浮かんだ。知識が豊富で、後輩属性を煮詰めたようなゆいは何かと頼りになる。

一人では不安だが、ゆいと一緒なら……そう思い、同行してもらおうと考えたのだ。

──かくかくしかじかこういうことなんだけど、興味ある？

──やりたいですっ！　ぜひぜひ手伝わせてください！

結果は二つ返事。文字でのやりとりでも、瞳の中にきらきらと十字の輝きが現れている表情が簡単に想像できた。可愛《かわ》いやつなのだ。

というわけで、ちかは新宿駅《しんじゆくえき》南口にほど近いコメダ珈琲店《コーヒーてん》でゆいと待ち合わせをしたのだった。窓の外には秋の朝の柔らかな日差しが見える。絶好の散歩日和だ。今回はスタート地点の指定があったので、まずはコメダでモーニングを食べることにした。

二人が囲むテーブルには、開封された白い封筒と豚の貯金箱が置かれている。真っ赤ないちごジャムの塗られた山食パンを頬張るゆいに、ちかは改めて説明を始めた。

担当編集から「謎解き小説のテストプレイ」なる変な仕事を依頼されたということ。

与えられたものを見るに、どうやら街を探索しながら謎を解けばよさそうだということ。

そしてなぜか、最初にこの店が指定されていたということ。

「ほうほう、これが与えられた謎ですか……」

ゆいは豚の貯金箱を手に取った。その小さな両手にすっぽりとフィットするくらいのサイズ感。硬貨を入れる背中の穴の部分は塞がっていて、代わりに蝶番《ちょうつがい》がつけられている。

「結構重さがあるでしょ。開けると中から何かが出てくると思うんだよね」

ちかは豚の腹の下を指差した。五桁のナンバーロックがある。数字を合わせれば豚がぱかりと開いて、中身を取り出せる——そんな構造になっているようだ。

「今の数字は、最初からこのままだったんですか？」

「うん。もしかすると意味があるかもと思って、まだ触ってない」

ナンバーロックの数字は、「00000」ではなかった。

12581

いにごやい《12581》、イッツ後輩《12581》、ウニご飯《12581》……語呂合わせをいろいろと考えてみたものの、結局意味不明なものしか浮かんでこなかった。ウニご飯なんてさすがに無理があるし。

「ゆいはこの数字で、何かピンときたりする？」

「そうですね、ちょっと考えてみます」

ゆっくりとコーヒーを飲んでいる途中で、ゆいの眼鏡がきらりと光る。

「あ、例えば！」

「おお！」

「1はスペイン語で『ウノ』ですし、英語では『ワン』です」

「ふむふむ」

「だからこう読むことはできませんか……ほら、う・に・ご・は・ん、って！」

ちかの肩から力が抜けた。

「それはちょっと違うと思うな」

「ですよね……」

自分も同じようなことを考えていたなんてちょっと言えなかった。

「私は最初、イッツ後輩じゃないかって思ったんだよね」

「なるほど！　確かにそっちの方が語呂合わせとしてはきれいですね！　さすがちか先輩！」

優しいゆいは、とりあえずちかを褒めてくれた。できる後輩。イッツ後輩である。

しかしこれ以上数字の語呂合わせに時間をかけても無駄なことは明らかだった。そもそも出題者がテキトーだっただけかもしれない。ゆいは貯金箱を回転させて、脇腹に目を凝らす。

「一番の手掛かりは、この謎の文章ですよね」

「そうだと思うんだけどさ……」

問題は、それが意味不明であるということだ。

煉瓦《れんが》色《いろ》の虹をくぐって
緑の川を白き湖まで遡れ
そこは古《いにしえ》の街道が交わる場所
行き過ぎてきた幾多の橋のうちで
最も知られたものの名が鍵を開くだろう

「煉瓦《れんが》色《いろ》の虹……これなら私、わかる気がします」

ゆいが首を伸ばして、店の窓から外を見る。そこにはレンガでできた謎のアーチがぽつんと立っていた。本当にぽつんと立っているだけなので、通行人は誰も目に留めていない。

「だよね、私もあれじゃないかと思ってるんだけどさ。そっから先がね……」

「緑の川を遡る、ですか……この辺りは木がたくさん植えられていますし、それを辿《たど》っていけばいいんでしょうか」

「そうするしかないよね。でも、本当に五桁の数字、これだけでわかるのかな……」
ちかは言いながら、豚と一緒に渡された封筒を取り出した。真っ白な封筒には真っ白な便箋が入っていて、そこにはとても丁寧な字でちかへのメッセージが書かれている。

鈴ヶ森《すずがもり》ちか先生へ

このたびはテストプレイにご協力くださりありがとうございます。
突然おかしなことをお願いしてしまって、本当に申し訳ありません。
でも、ぜひ鈴ヶ森先生に解いてみてほしかったのです。
最初は新宿文化《しんじゆくぶんか》クイントビルのコメダ珈琲店《コーヒーてん》から始めてみてください。
先生なら最後の答えまで辿《たど》り着《つ》いてくださると信じています。
いつも通りの旅をする気分で楽しんでいただけましたら幸いです！
お手数をおかけしますが、なにとぞよろしくお願いします。
P．S．豚さんのロックは、最初は　あかぬよう　になっています。

出題者S

追伸だけちょっと言葉遣いがおかしくなっているが、丁寧な字から受ける印象そのままに、とても腰が低い感じの内容。まるでファンレターのようだ。

「一緒に手紙ももらったんだけど、このお店から始めるようにっていう指示以外、ヒントになりそうなことも書いてないし。ロックが開かないようになってるなんて当たり前じゃん……」

「コメダにこだわってるのはどうしてなんでしょう」

「この出題者のSって人が、コメダのヘビーユーザーなのかな。そもそもどんな人なのか、あんまり教えてもらえなかったんだけど」

「小説家の方なんですよね」

「そうそう。ゆいは電撃文庫って知ってる?」

「もちろんですっ! 『キノの旅《たび》』とか『狼《おおかみ》と香辛料《こうしんりょう》』とかのレーベルですよね! 私、よく読んでました」

「おおっ、そうなんだ」

ライトノベルに明るいとは言えないちかも、そのあたりのタイトルには聞き覚えがあった。

「私はあんまり詳しくないんだけど、その電撃文庫の編集部が、私がお世話になってる電撃マオウの編集部と同じ部署にあるみたいで」

「確かに、言われてみれば両方とも『電撃』ってついてますね」

「そうそう。その編集部が抱えてる作家さんらしいっていうのは聞いてるんだ。年齢も性別も知らないけど、かなりの旅好きで、旅が出てくる作品ばかり書いてる人だって話だよ」

「ちか先輩に依頼が来た理由が、少しだけわかったような気がします……」

ちかは「そうかなあ」などと呟《つぶや》いてコーヒーを飲む。本人に自覚はあまりないが、全国各地へ何度も突発的に旅をしているちかは、客観的に見れば相当な旅好きに入る。

「まあ、ここで悩んでても仕方ないか」

鈴ヶ森ちかは行動派だった。ぐいっとコーヒーの残りを飲み干す。

「とにかく出発してみよう！」

「はいっ！」

朝食の残りを平らげ、席を立つ。会計を済ませて店を出ると、爽やかな風が吹き抜けた。

新宿駅発《しんじゅくえきはつ》、謎解き旅の始まりだ。

健脚な読者への挑戦状

自力で謎を解いてみたいという気概があり、東京都の新宿駅を訪れる機会がある方へ。

これにて第一章における謎がすべて出揃《でそろ》いました。

手掛かりはここまでの文章中のみならず、あなたの暮らしている世界にも実際に眠っています。いったん読む手を止め、現地を歩きながら考えてみるのも一興でしょう。

第一章で必要な答えは、豚の貯金箱の腹に入力する【五桁の数字】です。

迷ったときは休憩がてら、この本を読み進めつつ解いてみるのもよいかもしれません。くれぐれも歩きやすい靴で、周囲には十分な注意を払ってお楽しみください。

ご健闘をお祈りいたします。

さて、次ページからは解答編となっております。

読書のみ楽しまれたい方は、そのままお進みいただいて構いません。

逆井卓馬

所要時間の目安：約三時間
歩く距離の目安：五キロメートル程度

店を出て朝の空気を浴びながら、ちかはやる気に満《み》ち溢《あふ》れた様子の後輩に目を向ける。ツインテールがひょこひょこと楽しげに揺れる様子はまるで兎《うさぎ》のようだ。

高校の剣道部で一緒になったときから、ゆいはずっとできた後輩だった。

彼女はちかの二つ下だが、小学校のころから剣道をやっていたこともあり、剣の腕に関してはゆいの方が上だった。ちかは先輩でありながら、試合で一度も勝てたことがない。

それなのに、ゆいはなぜかちかのことをいつも尊敬してくれて、引き立ててくれて、懐《なつ》いてくれる。ちかが大学へ進学してからも、ちかが趣味で旅を始めたと聞くなり「私も旅に連れていってください！」と同行を求めてきた。本当に可愛《かわい》いやつなのだ。

二人で最初に旅した場所は香川県だった。歴史好きのゆいは高松城跡《たかまつじょうあと》を見るなり何かのスイッチが入ったように高ぶりだし、石垣についてあれこれ楽しそうに語り始めた。それ以来、二人は何度も旅路を共にしてきたが、ゆいの歴史語りは衰えることを知らない。ちかは旅先で、そんなゆいの説明を聞くのが好きだった。

そして今日に限っては、ゆいの溢《あふ》れんばかりの知識が謎解きとやらに役立つことを、ちかはひそかに期待していた。

ゆいはレンガのアーチに向かって歩いていく。ちかもその後をついていった。

とりあえず、二人はアーチの前に立って写真を撮った。出題者の参考になるかと思って、記録のために随所で写真を残しておくことにしたのだ。ちかが豚を手に持って、隣のゆいも入れながらインカメで自撮りをする。

「さっそく暦《こよみ》さんに自慢します！」

ちかが写真を共有すると、ゆいはメッセージアプリを開いた。

暦さんとは、ちかの中学時代からの友人であり、ゆいの高校での先輩でもある、蓮沼《はすぬま》暦のことだ。どういうわけかゆいと暦には、ちかと旅をすると互いに自慢し合う習慣がある。

「そんな、自慢するほどのことじゃないのに。新宿だよ？」

「きっと暦さん羨ましがりますよ！」

「そう……？」

訝《いぶか》しむちかに、ゆいはスマホの画面を見せてくる。写真を送ってからまだ三〇秒も経《た》っていないだろうに、いかにも悔しそうな顔をした謎のキャラクターのスタンプが返ってきていた。

「返信早っ」

「暇なんですかね……」

「今日で終わらなかったら、ハッスーも誘ってあげるかな」

アーチをくぐって、新宿駅とは反対側に歩き始める。爽やかな風は涼しいくらいだが、日差しはそれなりだ。桜の木が並んでいるから、その木陰を選んで進む。

「緑の川を遡るっていうことは……こっちなら木がたくさんありそうだし、この方向で合ってるんだよね？」

「そう思います。東京は西高東低で、私たちは西に向かっているわけですし」

「せーこーとーてー」

「西に行くほど標高が高くなっていくってことです。川は高いところから低いところに流れますから、遡るという言葉が使われていることを考慮すると、西向きに進むのが正しそうです」

「おお！　なんか謎解きっぽい！」

特に深い考えもなく歩き始めていたちかだった。

ブロックが敷き詰められた道を並木に沿って歩くと、細い車道を挟んで小さな公園が続いていた。いよいよ緑が濃くなってくる。たくさんの木々が左右に立ち並ぶ砂利敷きの道。大都会の中にあって、のんびりとマイペースに蛇行している。

人通りはほとんどない。まるでこの道だけ人々から忘れ去られているかのようだった。

「新宿駅のすぐ近くに、こんな場所があったんだね」

「不思議ですね。なんのために造られた道なんでしょう」

「造られた、っていうか、取り残された、って感じがするけど」

ちかの言葉に、ゆいがはっと口を押さえた。

「どうかした？」

「いえ、あの……これはちか先輩の謎解きだと思いますので、まだ言わないでおきます！」

「なんだよう、思わせぶりに」

「先輩ならきっとすぐ気づくと思いますので！」

ちかは首を傾《かし》げながらも、足だけは動きを止めずにずんずん先へ進んでいく。

ゆいは多分、「取り残された」という言葉に反応していた。そこに何か本質を突くものがあったのかもしれないが、ちかは受けた印象をそのまま言葉にしただけだ。正直なところ自分でも、何がゆいのアンテナに引っかかったのかわからなかった。

砂利の道はすぐに途切れて、片側二車線の道路に突き当たった。その向こう側に、これまたいかにも「裏道」という感じの細い道が続いている。

「これ、道路を越えてまっすぐでいいのかな？」

「はいっ！　このまま直進で大丈夫です！」

確信に満ちたゆいの答えに安心しながら、ちかは車道を渡るためにいったん右へ曲がった。歩いてきた「緑の川」のすぐ近くを、新宿駅の南口から延びてきた片側四車線の大通りが並走していた。その交差点で横断歩道を渡ったとき、ちかは一つの発見をする。

「あ、ねえゆい、これ！」

指差したのは標識だ。丸みを帯びた逆三角に20と書かれた記号があり、こう続いていた。

甲州街道《こうしゅうかいどう》

「ゆい！　これってあれじゃない？」

「そうですね、まさにあれです！」

ちかはリュックから豚を取り出した。

その側面には、目的地らしき場所について「古《いにしえ》の街道が交わる」と書かれている。

「甲州街道は、古《いにしえ》の街道って呼べるのかな」

「呼べると思います！　甲州街道は江戸時代に整備された五街道の一つで、これを古《いにしえ》の街道と呼ばなかったら何をそう呼ぶのか、というくらいです！」

声のトーンが普段より少し上がっていた。スイッチが入ったのだ。

「古《いにしえ》の街道が交わるってことは……この甲州街道がどこかで他の街道と交わるってこと？」

「かもしれません。例えば甲州街道は下諏訪《しもすわ》で、同じく五街道の一つ、中山道《なかせんどう》と合流します」

「じゃあ、最悪そのシモスワってとこまで歩いてみればいいってことか！」

ゆいが動きを止めた。首を傾《かし》げるちかに、ゆいはおそるおそる言う。

「ちか先輩……下諏訪は長野県です！」

「へえ、そうなんだ。とすると今日は結構歩くことになりそうだね」

「た、多分二〇〇キロくらいありますよっ！」

「ごめん冗談だって」

「健脚な先輩のことだから、一瞬本気かもしれないと疑ってしまいました……」

素直な後輩は胸を撫《な》で下《お》ろした。

車道を渡った二人は再び細い道へと入っていく。左右をフェンスに挟まれた道を抜けると、またしても公園のような並木道が続いていた。

「長野まで行かなくても、どこかに街道同士の交わる場所があるってことなのかな」

「そうでしょうね。さすがにゴールが長野とは思えませんし」

ちかは考える。これはもしかすると、言葉の意味をしっかりすべき問題なのかもしれない。

「そもそもさ、街道ってどんな道なんだっけ？」

「街道とは文字通り、街と街を結ぶように造られた道のことです！　五街道以外にも、例えば脇往還《わきおうかん》と呼ばれた道も街道の一種で……この近くでは青梅街道《おうめかいどう》がそれに当たります。他にも広い意味でならば、五日市街道《いつかいちかいどう》や府中街道《ふちゅうかいどう》など、街道と名のつく道はたくさんありますね」

そんな感じですらすらと説明しながら、ゆいはスマホで周辺の地図を見せてくれる。

OpenStreetMap というのを使えば道路の名前がわかりやすいという。

やっぱり今日はゆいを呼んでよかった、とちかは心から思った。

「じゃあそういう道のどれかが、白き湖っていう場所で交わってるってことだ」

「ですね」

いろいろ考えた挙句、結局ちかの脳内に残ったのは、「白い湖と呼べそうなものがあるところまで歩く。そこでなんか大きめの道が交差してれば正解っぽい」という程度の内容であった。

◎五街道

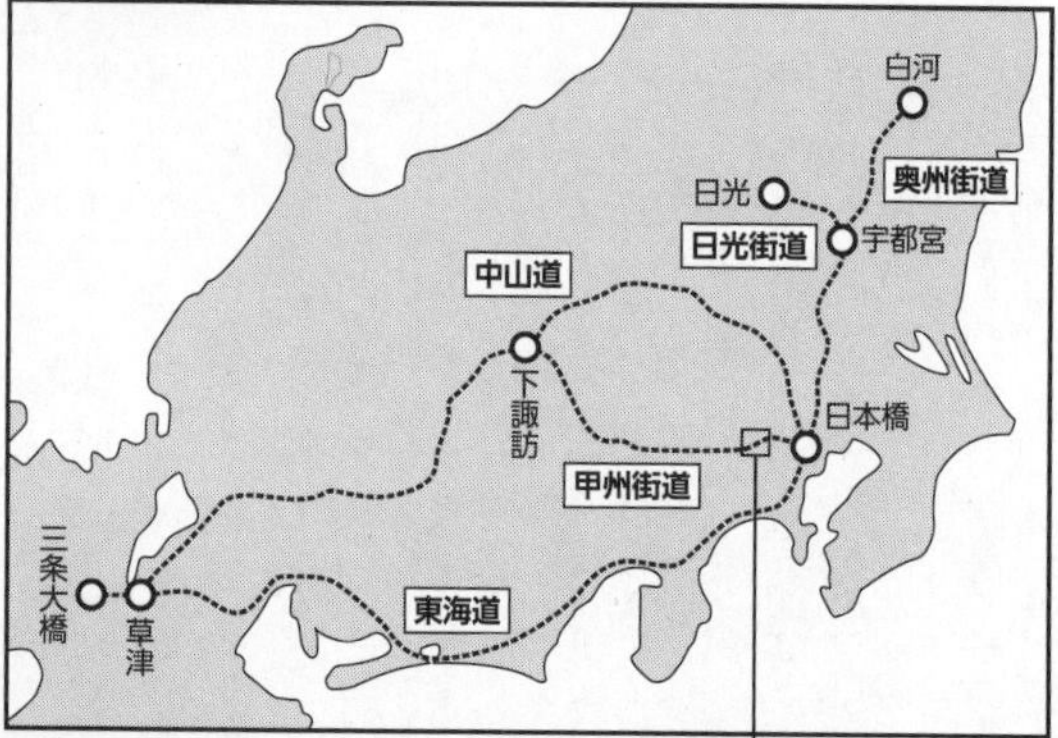
白河
奥州街道
日光
日光街道
宇都宮
中山道
下諏訪
日本橋
甲州街道
三条大橋
草津
東海道

◎周辺の主な道路

500m
N
青梅街道
五日市街道
中野通り
山手通り
環七通り
新宿
イマココ!
方南通り
甲州街道
井ノ頭通り

さしあたっての問題は、この「緑の川」とやらがなんの道なのかということだ。

せめて小さな違和感くらいは見つけられないかと周囲を見回しながら歩いていると、道の端に少し気になるものがあった。

「ねえゆい、これって……」

それは敷地《しきち》の一番外側、隣接する建物に沿うようにして立っているコンクリート製の柵だった。先端が三角になった杭《くい》が等間隔で並んでいて、ネジで留められた三本の横棒がそれらを繋《つな》いでいる。柵の上部に錆《さ》びた有刺鉄線が残っている部分もあった。

「わあ先輩、よく見つけましたね！　すごい手掛かりです！」

「かなり古そうだね」

「昔のものでしょうね！　壁やフェンスが隣にあって、今はまるで役に立ってないですし」

「なんか、どっかで見たことあるんだよね、こういう柵」

「あるはずだと思います！」

「うーん、線路の脇とかにある柵に似てる気もするけど……」

期待に満ちた目でちかを見てくるゆい。その胸の内に、きっと答えはあるのだろう。

「わ！」

「でもこの道、ずいぶんカーブしてたし……線路なら普通、まっすぐに敷く気も……」

「わわわ！」

「まあ歩きながら考えようかな」

「わ……」

道の端にあるのが線路脇に立てられる侵入防護柵だったとすれば、ここには線路があったと考えるのが自然だ。しかし鉄道というのはカーブで速度を落とさなければならないから、普通はわざわざ蛇行しない。この道は平地なのに割とくねくね曲がっている。どういうことか。よくわからない。

そういうときはとにかく、先に進んでみたいちかだった。

この道がいったいなんなのか、手掛かりを探してあちらこちらに目を遣《や》りつつ歩いていく。

「手紙にはさ、いつも通りの旅をする気分でいいって書いてあったよね」

「書いてありましたね」

「いつも通りだとこんな感じになっちゃうけど……いいのかな?」

こんな感じとは、まさにこのテキトーな感じである。ゆいは少し考えてから口を開く。

「わざわざちか先輩に依頼が来たわけですから、無理に何かしようとしなくてもいいんじゃないでしょうか」

「まあ確かに……でもさ、そもそも出題者のSさんは、何を求めて私に依頼したんだろう」

ちかにとって、それが一番のミステリかもしれなかった。

漫画家としての実績は、読み切りを掲載してもらったくらいだ。他にはDabetter《ダベッター》で普段の旅の様子をちょこちょこ呟《つぶや》いているくらいのもの。行く先々で宿命のごとく不可解な殺人事件に出会っては鮮やかに謎を解いていたりするわけでもない。見知らぬ小説家に鈴ヶ森ちかが注目される要素は、ほとんど思い当たらないのだった。

「今日の謎を解いていけば、わかってくるかもしれませんよ！」

「そうだといいなあ」

「とりあえずはいつも通り、ぶらぶら歩いてみましょう。謎解きは私がお手伝いします！」

「心強い……」

右も左もわからない探偵役のちかは、優秀な助手の存在にほっと息をつくのだった。

並木道をのんびり歩いていくと、二人は細い道路に突き当たった。ちかはそこで、行く手を遮る奇妙な障害物に目を留める。

「あれ？　これはもしかすると」

足を止めて観察してみる。

細い道路を挟むように、膝ほどの高さしかない、一見無意味に思えるコンクリート製の太いガードレールのようなものが横たわっていた。

というか、先ほどの柵と同じで、これはもはや現代においてはほとんど無意味なのだ。無骨な造りで、明らかに古くて昔のものという感じがする。さらには、水道管のようなものがすぐ隣で剝き出《だ》しになっている。

ここまでくればもうリーチだ。

回り込んでみて、ちかは確信した。柵の端にはこう書いてある。

三字橋

「やっぱり！　これ、橋だよ！」

「はい！」

正確には、橋の痕跡。

道を横切るように欄干が残っているということは、かつてここに橋が架かっていたのだ。

「つまり……この道は暗渠《あんきょ》か！」

「正解ですっ！」

ゆいが小さく手を叩《たた》いて、ちかを称《たた》えてくれた。

暗渠《あんきょ》とは、簡単に言えば地下に埋められた水路のこと。その存在を知ってさえいれば、街中に驚くほどたくさん見つけることができる。かつては川だった場所が都市開発によって埋められると、そこに架かっていた橋などの構造がそのまま残されることも多い。

簡単に土地の記憶を見つけることができるし、何よりその上を辿《たど》っていけばとてもいい散歩コースになる。暗渠《あんきょ》は、街歩き好きにとっては原点にして頂点とも言えるプロムナードだ。

ちかは以前もこの辺りで、別の暗渠《あんきょ》を辿《たど》る散歩をしたことがあった。都庁の近くで橋の痕跡を発見し、ひたすら西へと歩いてみたのだ。そのときも細い歩道が延々と続き、ところどころに橋跡が残っていた。よく見てみると気になる謎の構造物があったりして、タモリさんがぶらぶら街歩きをする「ブラタモリ」というテレビ番組を連想しながら楽しんだのだった。

後からゆいにそのことを話したら、ナレーションのように解説をつけてくれた。主役はタモリさんではなく、鈴ヶ森ちか。ブラタモリならぬブラガモリである。

今日は、まさにそんな暗渠巡《あんきょめぐ》りを二人で実際にやってみることになったというわけだ。

「緑の川って、じゃあ言葉通りの意味だったんだ……」

「もともと川だったところを歩いているわけですからね」

ゆいが「取り残された感じ」というちかの印象に反応していた理由もこれでようやくわかった。新宿駅のすぐ近くに謎の緑道があったのは、そこにかつて川が流れていて、開発されずに残っていたからなのだ。

念のため三字橋の写真を撮ってから、その先の通りを渡る。山手通《やまてどお》りという名前で、すぐそばで甲州街道と交差していた。しかし山手通りは街道とは呼ばれていないようだったし、白き湖らしいものは周囲になかったし、何より唯一見つけた三字橋はとても「知られたもの」とは思えなかったので、ここはゴールではなさそうだと結論付けた。

ちょうど道路脇にエリアマップが立っていたので、現在地を確認してみる。

すぐ近くには京王新線初台駅《けいおうしんせんはつだいえき》と新国立劇場。ちかはどちらも使ったことがないが、やたら新しそうでけっこうなことだと思った。

二人が歩いてきた道は、地図上では緑色で示されている。甲州街道に沿ってゆるやかに蛇行しながらのびていて、道の名前もラベルされていた。

玉川上水旧水路《たまがわじょうすいきゅうすいろ》 初台緑道《はつだいりょくどう》

「なるほど、玉川上水……聞いたことあるな」

「羽村《はむら》の取水堰《しゅすいぜき》で多摩川《たまがわ》から水を引いて、江戸の街に飲料水を届けた水路ですね」

「それが暗渠《あんきょ》になって、緑道として整備されたんだ」

「まさに緑の川です！」

「とすると、この玉川上水を遡りながら、有名そうな橋を見つければいいってこと……？」

「それで合っていると思います！」

やることが明確になって、ちかは視界が開けるように感じた。これなら私にもできるかもしれない——そう呑気《のんき》に考え始める。

「よし！　じゃあさっそく、ぶらぶら歩きながら謎を解いてみようか」

「はいっ！　今日はブラガモリですね！」

ゆいが目を＞《大なり》と＜《小なり》の形にして、高らかに宣言した。

かつての玉川上水を辿《たど》る暗渠散歩《あんきょさんぽ》。謎めいた暗号文に戦々恐々としていたちかだが、読み解いてわかった実際の指令は別に怖くもなんともないものだった。

散歩を再開すると、さっそく二つ目の橋にぶつかる。

伊東小橋《いとうこばし》

四隅を飾る白い花崗岩《かこうがん》の柱——ゆいによれば「親柱」と呼ぶそうだ——にはそう書かれ、欄干の代わりに擬木の柵が緑道を横切っている。三字橋と違ってこちらは見た目に新しく、どうやら橋を模したモニュメントのようだ。

「昔あった橋の名前が、今もこうやって残されているんですね」

「そのどれかが答えになるってことだよね」

ちかは再び豚の貯金箱を取り出した。歩いているうちはどうせ暇だし、見かけた橋の名前を手当たり次第に一つずつ入れていくのもよさそうだ。

問題は、答えが五桁の数字であるということだった。

「ゆい、例えばこの伊東小橋が答えだったとして、豚さんにはなんて入れればいいと思う?」

「読みは『いとうこばし』だから……11058 4……いえ、それだと六桁になってしまうので、十《とう》は0扱いにして、10584なんていかがでしょう!」

「よしっ!」

ちかはダメ元でダイヤルをずらし、「10584」にセットしてみる。

案の定、豚の腹は開かなかった。そもそも伊東小橋なんてどれほどの人が知っているのだろう。ひっそりとした緑道にこっそり横たわる橋のモニュメントだ。まだ鈴ヶ森ちかの名前の方が知られている気さえする。伊東小橋は少なくとも、実名でDabetter《ダベッター》をやっていない。

「ダメだった……」

「でもなんだか、いい線いっている気がします!」

「だよね! あとはいちばん有名な橋を探せばいいんだから」

気を取り直して先へ進む。

伊東小橋からすぐのところで、緑道は人通りの多い商店街と交差していた。さっき地図で見た、京王新線初台駅の駅前だ。駅自体は地下にあるのだろう。小規模な駅ビルの一階部分に、下へと降りていく階段が見える。

駅前だからか、緑道自体もしっかりと整備されていて、一段高くなったところに藤棚やらベンチやらが置かれている。ベンチの後ろには例のコンクリート製の謎の柵があった。

商店街へと差し掛かるところで、また橋のモニュメントを見つける。

改正橋《かいせいばし》

金属製のきれいなプレートにそう書かれている。ちかは「かいせいばし」の数字語呂合わせをさっそく考え始めたが、最初の「か」で早くも躓《つまず》いた。傍《はた》から見れば、ただ手に持った豚の貯金箱を睨《にら》むおかしな人でしかない。

「まああんまり有名な感じはしないし、改正橋は答えじゃないか」

「一応ですけど……京王線が開業した当初、初台駅は改正橋駅という名前だったそうですよ」

「え、そうなんだ！　駅名にもなったってことは、そこそこ知られてる名前なのかな？」

「どうでしょう。数年で名前が変わってしまったようなので、知っている人はあんまり多くないと思います。まだ京王線が路面電車だった、戦前の話ですから」

ちかはそこで引っかかった。

「あれ、京王線って、路面電車だったんだ」

「はい！　京王線は甲州街道に沿う形で、東西を結ぶように造られたんですが……」

頷《うなず》きながら続きを言おうとして、ゆいは口を閉ざした。

「…………？」

首を傾《かし》げるちかに、ゆいは言う。

「もともとは甲州街道の上を借りて走っていた京王線ですけど、ガモリさん、その後、専用の線路はどこに造られたと思いますか？」

ディレクターからカンペを見せられたかのようなわざとらしさで、ゆいはちかに訊《たず》ねた。どうやらテレビのブラタモリを意識しているらしい。ちょっと可愛《かわい》かったが、そこまで元ネタに合わせなくてもいいのに、とちかは思う。

「線路……今は地下にホームがあるみたいだし、地下に潜ったんじゃない？」

「はい！　最終的にはそうなるんですけど、実はその前に、地上でも移動があったんですよ」

「あ」

思わせぶりなゆいの行動の理由に、ちかはようやく気づいた。

後ろを振り返り、藤棚の下まで移動する。緑道の端にあたる部分には、コンクリート製の柵がある。線路脇で見かける侵入防護柵。

「これがここにあるってことはつまり……移動先は、この場所？」

「その通りです！　京王線は地下に潜る前、玉川上水の敷地《しきち》を走っていたそうですよ。すでに開発されていた玉川上水沿いなら、用地を確保しやすかったんでしょうね」

「地下に潜ったのは、玉川上水だけじゃなかったんだ」

ちかは思い出す。この緑道は、線路跡にしてはやたら蛇行していたが、水路に沿って線路を敷いていたということなら説明がつく。

鉄道柵を見て、左右に延びる緑道を見て、この道で電車が走っていた時代をちかは想像してみる。がたんごとんと、どこからか音が聞こえてくるようだ。

――というか、実際に聞こえていた。

音はすぐ近くから響いてくる。公園の真ん中に網の張られた通気口があって、そこから電車の走行音とともに温かい風が吹き出しているのだ。

「すぐ下に線路が！」

「線路を地下化するときは、地上のルートの真下に造ることが多いようです。京王線の本線もそうなんでしょうね。初台に停車する京王新線は、甲州街道の方を走っていますけど」

「ああ、京王線には本線と新線があるんだっけ」

ちかはエリアマップを思い出していた。初台の駅名には、確かに新線と入っていたはずだ。

「はい！」

興奮気味の早口で説明するゆいによると、八王子《はちおうじ》の方からやってきた京王線は、この先の笹塚駅《ささづかえき》で京王本線と京王新線の二つに分岐しているのだという。

京王本線はそのまま終点の新宿駅まで行く。一方、京王新線は幡ヶ谷駅《はたがやえき》と初台駅、新宿駅の新線用のホームを通って、都営新宿線に直通運転している。そういうことらしい。

京王線の路線図は、新宿の辺りが二重になっていたりしてなんだかごちゃっとしていたな、とちかは納得した。その二本ある部分が、概《おおむ》ね甲州街道と玉川上水になっているのだ。

「ゆいはよくそんなことまで知ってるねえ」

「小学生のころ、本家の方で見たことがあって」

「本家？」

「ブラタモリです……」

「なるほど……」

いつの間にか分家になっていた鈴ヶ森家であった。


改正橋を横切って緑道を先へ進む。

初台駅を過ぎると、緑道は遊具や水遊び場がある公園になっていた。水路跡に造られているだけあって、相変わらず形は細長い。朝っぱらから、小学生くらいの子供たちが元気に遊び回っていた。ビルが窮屈に立ち並ぶ都心部で、暗渠《あんきょ》の上の空間は憩いの場になっているのだ。

はしゃぎ回る子供たちに思わず微笑《ほほえ》みながら、橋だけは見逃さないように注意する。

公園の端で見つけたのは「代右衛門橋《だいえもんばし》」。これも新しい親柱とガードレールで構成されたモニュメントのようだった。次は「新台橋《しんだいばし》」。さらに「西代々木橋《にしよよぎばし》」。どちらもモニュメントだ。

途中途中で立ち止まって語呂合わせを考えたりしながら歩いていくうちに、甲州街道から少しずつ離れていき、静かな住宅街の中を走る道になった。左右に木が植えられている、歩行者専用ののどかな遊歩道だ。休日の朝の時間帯だからか、犬を散歩している人も見かける。

二〇分ほど歩くと、緑道は再び商店街と交差した。

「お、また賑《にぎ》やかになったね」

「あっちに幡ヶ谷駅があるんだと思います」

ゆいが右手の方を指差して言った。

「例の京王新線の？」

「はい。この次が笹塚駅《ささづかえき》で、そこで京王本線と合流するんです」

「もう二駅分歩いてたんだ」

「いろいろ見ていたら、なんだかあっという間でしたね」

「だねえ。今日はどこまで行くことになるんだろう」

目的地は「古《いにしえ》の街道が交わる場所にある白き湖」――つまり不明だ。無計画を通り越した謎だらけの散歩に、ちかはなんだか楽しくなってきた。

今回の目的は謎解きだが、いつも突発的にしている旅と調子が同じことに気づく。

ちかの行き当たりばったりな旅は、英語にするならジャーニー《journey》だ。

他にもtravelやらtripやらtourやら、旅を意味する英語はたくさんあるが、自分の旅にぴったり合うのはjourneyだ、とちかは思っている。旅の中でも、どこへ行くとか何を見るとかではなく、移動するその道のりに焦点を当てた言葉がjourneyなのである。

行き先をDabetter《ダベッター》のアンケートで募集して、たまには興味に従ってふらっと無計画に電車を降りたりもする、どこへ辿《たど》り着《つ》くのか決まっていない「ざつ」な旅に、ちかは救われている。何をするか決めずに出発するからこそ自由があって、何かをしなければいけない日常から解放される。何に出会うかわからないからこそ発見があって、既視感に塗りつぶされた生活から抜け出せる。それが旅だ。

そういう意味で、どこへ連れていかれるかわからない今日の謎解きには、普段の旅と同じようなわくわく感がある気がした。

「あ、先輩！　ここにも橋がありましたよ」

ゆいがぶんぶんと手を振って、商店街の傍《かたわ》らにある遺構を示した。

今度はモニュメントではなく本物に見える。古そうなコンクリートと錆《さ》びた金属でできた片方だけの欄干。その向こうには水道管のようなものが平行に通っていて、二者の隙間には意味ありげな鉄板が敷かれている。まるで川を隠そうとしているかのようだった。

二字橋

親柱にはそう書かれた板——ゆいによると橋名板《きょうめいばん》と呼ぶらしい——が埋め込まれていた。

「なんて読むんだろ。にじばしかな？」

「ふたあざはし、みたいですよ！　こっち側に書いてあります」

「あざらし？」

「二つの字《あざ》の橋です！　最初に見つけた三つの字の橋は、『みあざはし』か『みあざばし』と読むんでしょうね」

ちかは頭の中でよちよち這《は》い回《まわ》り始《はじ》めたあざらしたちを追い出す。

「あざ、ってどういう意味だろう」

「地区名みたいなものですね。集落の小さなまとまりにつけられていた名前です。この付近に二つの字があったから、こういう名前になったんじゃないでしょうか」

打てば響くように説明が返ってきた。

「なるほど……数字が使われてるのがちょっと気になるよね」

「ですね」

答えは五桁の数字だ。しかも橋の名前を入れろとある。橋に数字が使われていれば、怪しいと思いたくなるのが人情というもの。

しかし、ちかがいくら考えたところで、五桁の数字は出てこなかった。

「先輩っ！　これ、見てください！」

ゆいが興奮した様子で親柱の裏側を指差していた。ちかも一緒になってそこを覗《のぞ》いてみる。

二人してしゃがんで、地面近くに注目する。

そこには橋の詳細を記した金属板が嵌《は》め込《こ》まれていた。

二字橋

1988年12月

渋谷区《しぶやく》

さらに材質や施工会社《せこうがいしゃ》の情報まで書かれている。

「橋歴板《きょうれきばん》です。国交省の定めた基準で、橋には原則取り付けることになってるんです」

「ほえー」

今まで見当たらなかったのはほとんどがモニュメントだったからだろう、とちかは考えた。

「これ、数字が書いてあるよね」

「謎と関係あるんでしょうか……?」

「うーん」

豚には「名が鍵を開く」って書いてあったしなあ、とちかは考える。

ふふふっ、とゆいがちかの隣で笑い出す。

「どうしたの?」

「いえ……側から見たら、私たち、かなり怪しいなって思って」

道端で、しゃがんで橋の裏側を覗《のぞ》く女子大生二人。道ゆく人はひょっとすると、珍しい虫でもいたのかな、などと思っているかもしれない。

「完全に不審者だね」

笑いながら立ち上がる。ともかくまだ見るべき橋はありそうだったので、念のため写真だけ撮って二人は先へ進むことにした。

そこから先は橋跡のバーゲンセールだった。近いところでは数十メートルという間隔で橋が現れ、コンセプトからして違う多様なデザインが目を引いた。ガードレールのような金属製の「美寿々橋《みすすはし》」、車輪か何かを模したらしい飾りのある石造りの「山下橋《やましたばし》」、中央部分だけ柵がすぱっと切り落とされたような形の「代々幡橋《よよはたばし》」。生活のすぐそばを流れていた水路だからこその橋の多さなのではないか――とゆいは考察していた。

特に目を引いたのは、明らかに古い造りで、頑丈そうなコンクリートがぼろぼろに風化している「相生橋《あいおいばし》」だ。

その橋名も、刻まれたコンクリート板が三分の一くらい欠けていて、かろうじて読むことができる程度のものだった。シンプルに見える欄干も、よく見ればほんのりと上向きのカーブを描いていて、橋としての主張が見られる。

「歴史を感じるね」

「大正時代のものみたいですよっ!」

ゆいが親柱に刻まれた文字を興奮気味に指差した。

大正十三年十一月竣工《しゅんこう》

「ほう、西暦だと……」

「一一を足して、一九二四年ですね。あっ」

何か気づいた様子のゆいに、ちかは首を傾《かし》げる。

「一九二四年って、何かあったっけ」

「いえ、この年ではなくて……前年の一九二三年は、関東大震災の年です」

ゆいが言うには、東京の都心部に残る大正以前の建築は、ある意味生き残りだという。

一九二三年の九月に襲った震度六の大地震とそれに伴う火災。

一九四四年から一九四五年、太平洋戦争末期に何千トンもの焼《しょう》夷《い》弾《だん》が降り注いだ大空襲とそれに伴う火災。

東京は焼け野原になりながらも、そのたびに立ち直ってきた。

大正一三年に造られたという相生橋は、関東大震災からの復興の過程で架けられ、太平洋戦争を生き延びて、一〇〇年間残っている遺構なのだ。

「とするとこれは、この辺りではいちばん古い橋なのかもしれないね」

「そうだと思います！　ロマンですね……」

「ロマンだねえ……」

ちかは少し考えて、豚に「１０１８４《あいおいばし》」と入力してみた。ロックは開かない。

先へ進むと次々に橋が現れる。注意していなければ普通の柵にしか見えない「常盤橋《ときわはし》」、三つ連続した「六條橋《ろくじょうばし》」と「五條橋《ごじょうばし》」と「四條橋《よんじょうばし》」。車道との交差点に古びた柱の部分だけが放置されている「北澤橋《きたざわはし》」。

橋が出現するたびに、細部を観察したり、先へ進むためぐるりと大回りをしたりするので、普通の散歩よりも時間がかかった。ちかは最も有名そうな橋はどれか探しているつもりだったが、いつの間にか橋の展覧会を楽しむくらいの気持ちになっていた。

気づけば緑道は甲州街道からずいぶん離れていた。五條橋の名前がついた交差点から右手を見ても、片側一車線の道路がずっと続いているだけで、甲州街道のような大通りは見当たらない。横断歩道の信号を待ちながら、ちかはふと浮かんだ疑問を口にする。

「でも、よく考えたらおかしいよね」

何が「でも」で何が「おかしい」のか、ゆいが首を傾《かし》げた。

「線路がくねくね蛇行してるのは玉川上水に沿ってるからだとして……玉川上水が蛇行してるのは、どうしてだろう」

自然の川なら曲がることに疑問はない。地理の授業で侵食と堆積という言葉を習ったのを、ちかはなんとなく憶《おぼ》えていた。わずかでもカーブがあると、長い年月を経るうちにその外側が削れ、内側に土砂が積もり、どんどんカーブが深くなっていくのだ。

しかし玉川上水は江戸時代に人の手で掘られた水路である。わざわざ蛇行させるより、まっすぐに造った方が都合もよさそうなものだ。

そんなちかの思考回路を見事に汲《く》み、ゆいは説明する。

「それこそが、玉川上水を成立させた『超絶技巧』なんですよ！」

ブラタモリに登場する専門家のような口調だった。いかにもテレビディレクターが言わせていそうな謳《うた》い文句《もんく》を使うところまで、妙に再現性が高い。

「ほう……超絶？」

「ガモリさん、この玉川上水、全長はどれくらいだったと思いますか？」

「うーん、ガモリさんはタモリさんと違って、あんまりそういうの詳しくないんだよね……そうだな、五〇キロくらい？」

「さすがです！　羽村から四谷《よつや》まで、およそ四三キロメートルですね！」

完全にまぐれだったが、後輩が褒めてくれるので、ちかはえっへんと胸を張っておいた。

「この四三キロメートルという長さを、玉川上水はたった九二メートルの高低差で流しているんです。一〇〇メートルあたり二〇センチという割合なんですよ」

「なるほど？」

一〇〇メートル走の距離を、ちかは想像してみた。そこに定規一本分の高低差があったところで、絶対に気づかないだろう。

「それはすごいけど、蛇行してるのとどういう関係が？」

「これを見るのが早いと思います！」

ゆいはスマホを取り出すと、国土地理院の地図を一瞬で表示した。

「ブラタモリならあらかじめフリップが用意されてるんでしょうけど、今回は私が自作するので少しお待ちを……」

ゆいは鬼のような勢いで画面をタップし始めた。

「標高の違いを色分けできる機能があって……自分で間隔や色を設定できるんですが……ここは標高四一メートルのようですから、そのあたりを中心に、二メートル間隔で色を分けて、陰影起伏図も組み合わせて……」

そう言いながら、「自分で作る色別標高図」なるものを手早く仕上げていく。

「できました！」

言われて、ちかも覗《のぞ》き込《こ》む。

スマホの画面には、標高が色で区分けされ、どこが高くてどこが低いのか一目瞭然な地図が表示されていた。明大前駅《めいだいまええき》から新宿の方へ、細い尾根筋が続いているのが見える。

◉自分で作る色別標高図

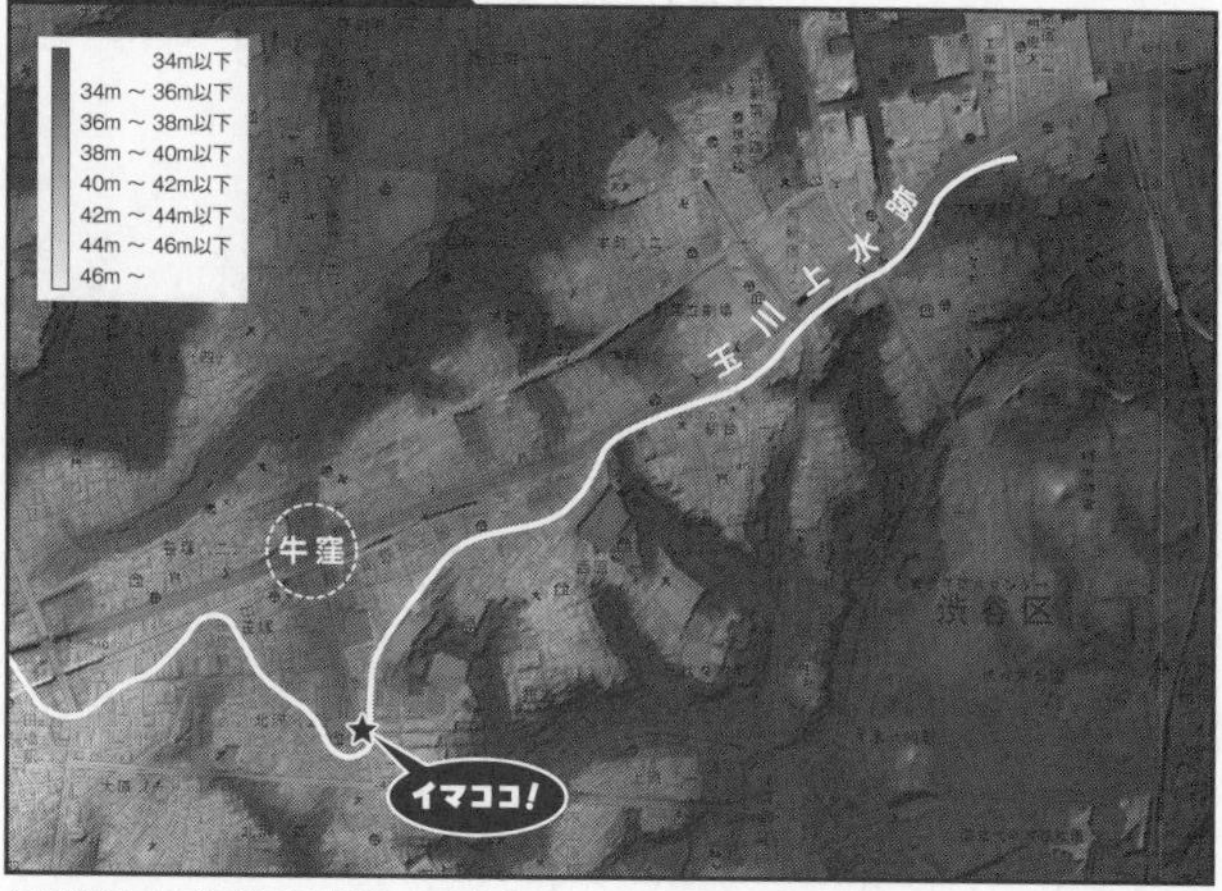

※地理院タイル(色別標高図)を加工して作成。

「玉川上水はここだから……つまり、高いところを選んで通ってるってこと？」

「はい。江戸時代には電動のポンプなんてありませんでしたから、水路は一度低いところへ下がってしまうとそれより高いところに戻せません。だから、標高の低い谷や窪地《くぼち》をできるだけ避けて、こうして周囲より高いところを選んで掘られたんですよ」

ゆいのスマホを覗《のぞ》き込《こ》んで、ちかは気づく。いま立っている五條橋交差点《ごじょうばしこうさてん》は、甲州街道の方から延びている窪地《くぼち》をちょうどぎりぎり避ける位置なのだ。実際、甲州街道が通っている北の方を見ると、道路が緩やかな下り坂になっている。

「あっちの低くなってるところを通らないようにしたから、こんなに曲がったんだねぇ」

「幡ヶ谷駅と笹塚駅の間は牛窪《うしくぼ》と呼ばれている場所だそうです。名前からして窪地《くぼち》ですよね」

「なるほどね。窪地《くぼち》だから『窪《くぼ》』がついてるのか……牛でもいたのかな」

「一説には、江戸時代、罪人の手足を何頭かの牛に繋《つな》いで、牛たちを別々の方向に走らせて体を引き裂く『牛裂きの刑』が行われていたからだそうですよ」

「牛には勝てないね……」

「戦おうとしないでください」

気を取り直して、橋を探しながらの緑道散歩を再開する。交差点を渡ると世田谷区《せたがやく》だった。きれいに整備された、公園のような道が続く。

「そういえば、ちょっと気になったんですけど」

とゆいが切り出した。

「先輩が受け取った謎って、いったいなんのために作られたものなんでしょうね」

「一応……謎解き小説らしいけど」

「謎解きにしたって、暗号がただ解かれるだけじゃ、小説とは呼べないじゃありませんか。それだとただのクイズ本になってしまいます」

「確かに……？」

正直なところ、ちかはそんなことを全く考えていなかった。

「誰かが人に謎を解かせるとき、そこには理由があるはずです。この暗号は小説の中で、誰がなんのために作ったものなんでしょう。言い換えれば、この謎を考えた小説家のSさんは、いったいどんな小説を書きたいんでしょう」

「さあねぇ……」

「わざわざちか先輩に依頼したのだって、ちょっと意味深ですよね。テストプレイなら普通、編集者さんとか友達とかにやってもらうんじゃありませんか？」

「編集さんは忙しくて、友達は……いなかったのかも」

「あっ……」

数歩分だけ、無言の時間があった。

「でもそうなんだよね、どうして私なんかに、っていうのはやっぱり疑問だよねぇ」

「お手紙には『ぜひ鈴ヶ森先生に解いてみてほしかった』とはっきり書かれていましたね」

「それが一番の謎なんだよ」

「もしかすると、ちか先輩のファンなのかもしれませんよ！」

「まだ読み切りしか出してないのに……？」

ちかは、現段階ではまだ連載もしていないし、単行本も出していない。熱心なファンがつくとは、自分ではとても思えなかった。

「でも先輩の読み切り、とっっってもよかったですよ！」

「またまたー」

相手が親しい後輩とはいえ、自分の作品を目の前で褒められるとくすぐったかった。

ちかの初読み切り「私の大嫌いな先輩」は、二〇二〇年の電撃マオウ9月号に掲載された。本好きのインドアな女子高生が、旅好きなアウトドア派ギャルの先輩にウザ絡《がら》みをされていつも嫌そうな顔をしているが、実は心の中で……という話だ。

「旅の経験が漫画にこれでもかと活《い》かされているのがまず素晴らしいですし、先輩と後輩の百合《ゆり》的《てき》な尊さといいますか、ちか先輩がこんなものを描かれるのかと思うと後輩の私としてはそれをどう受け止めたらいいのかなんて考えたりもしてしまって――」

ゆいは熱心に感想を語ったが、ちかは途中から恥ずかしくなって話半分に聞いてしまった。

「いやあ、ありがとね、ゆいがそんなに褒めてくれるなら私は満足だよ」

「すみません、ちょっとしゃべりすぎました……」

人通りの少ない散歩道で二人してもじもじしてしまい、気の知れた関係ながら付き合いたてのカップルのような雰囲気になってしまった。

そこからしばらく、風が少し寒いねとか、橋あんまり見なくなっちゃいましたねとか、そんなことをぽつぽつと話しながら歩いた。

やがて緑道は途切れ、二人の行く手を背の高い柵が阻《はば》んだ。

柵の向こうには、なんと川が続いている。澄んだ水が草地の中に細い水路をつくり、二人が歩いてきた場所の地下へと流れ込んでいるのだった。

その水面を見るなり、ゆいのテンションが突然二段階くらい上がる。

「わわわっ！　ここで開渠《かいきょ》になるんですね！」

開渠《かいきょ》とは、要するに普通の川や水路のことである。地下に埋められた暗渠《あんきょ》に対して、上を覆われていないものを指す。緑道の下に潜っていた玉川上水が、ようやくその姿を現したのだ。

「どうしていきなり地上に出てきたんだろう？」

柵の隙間から、ちかは水の流れ込む先を覗《のぞ》いた。金属製の格子《こうし》で塞がれたトンネルは緑道の下へと続いている。中は真っ暗だが、確かに暗渠《あんきょ》の上を歩いてきたんだなと実感できた。

「あんまり実用性はないでしょうし……昔の姿を残したいという思いがあったんでしょうか」

「水が流れてると気持ちがいいもんねぇ」

すぐ近くには「笹塚橋《ささづかはし》」と書かれた橋があって、そこから先には土をV字形に掘った水路が続いている。緑豊かな場所で、鷺《さぎ》が流れの中に立って何か獲物を狙っていた。

「笹塚橋……ということは、もうすぐ笹塚駅みたいですね」

牛窪《うしくぼ》を避けるように湾曲した玉川上水は、再び京王線の近くへ戻ってきたようだ。高いビルの建つ笹塚駅前が見えてくる。駅の近くには「第三号橋《だいさんごうはし》」がかかっており、その下で玉川上水は再び地下に潜っていた。

緑道は、線路の通る高架まで迫ると急なカーブを描き、また京王線から離れ始める。高架下には、おかしな名前の書かれたコンクリート製の柱が立っていた。

南ドンドン橋

「変な名前。南《みなみ》ドンドン橋《はし》？」

「……なんだか落ちてしまいそうな名前ですね」

「落ちるのはロンドン橋じゃなかった？」

「どんどん橋も落ちますよ！」

「そうだっけ。どういう意味なんだろうね、これ」

「この場所に架かっていた橋なら、水がドンドンと音を立てていたのかもしれませんね」

「どうしてここだと音が？」

「流路が急にカーブしているので、流れてきた勢いで水が外側にぶつかるじゃないですか」

ゆいは体を張って水の状態を表現した。なんだかとてもざぶざぶしている感じだ。

「おお、言われてみれば」

「牛窪もそうでしたが、地名に注目すると昔の様子がわかるのって面白いですよねっ！」

ちかはそうやって興奮気味に話すゆいの姿を見ているだけでも楽しかった。それから数字の語呂合わせを「373」まで考えてみたが、「ドンドン」のところで躓《つまず》き、やめる。これもあまり知られた名前には思えない。


笹塚駅前から通りを一本挟むと「にごうはし」――多分「第二号橋」だろう――と書かれた石のブロックがあり、そこで玉川上水が再び地上に姿を現す。

住宅街の中を堂々と流れる水路は、今でこそ水量が少ないものの、落ちたらうっかり死にそうなくらい深く掘り込まれていて、まるで空堀のようだ。フェンスで囲まれた敷地《しきち》には木が生い茂り、空を覆っている。緑道の続きの道は、玉川上水によって追いやられるようにして左右の細い道に分かれ、フェンスと住宅の間に押し込まれていた。

人とすれ違うのにも遠慮がいるくらいの道を歩いていく。開渠《かいきょ》の区間には橋が架かっていなかった。玉川上水が円形のトンネルに潜るところで、二人はようやく古い橋跡を見つけた。

「この橋の名前は……ううん、達筆ですね」

コンクリートに刻まれた文字は、よく見るとちかにもかろうじて読めた。

どうやら「稲荷橋《いなりはし》」と書かれているらしい。

「稲荷橋は、よく知られた名前とは言えなそうです」

「そうだねぇ。っていうか有名かどうかって、そもそもどういう基準なんだろう」

いまさらそんなことを思いながら、二人は次の橋を探して進む。

稲荷橋から先は、きれいに舗装された公園になっていた。遊具で子供たちが遊んでいる。

何やら考えてから、ゆいが慎重に言う。

「橋の有名さについてですが、こうした謎解きの場合、あまり主観的な基準は使われないと思います。答えを聞けば誰でも納得できるようなものでないと、問題として不公平ですから」

「誰でも納得できるくらい有名な橋って……日本橋《にほんばし》とか、レインボーブリッジとか？」

「どうでしょう。ちょっと、豚さんを見せてもらえますか」

ゆいは、ちかから豚の貯金箱を受け取ると、その側面をもう一度確認した。

「正確には、『行き過ぎてきた幾多の橋のうちで、最も知られたものの名が鍵を開くだろう』ですね。私たちが通過する橋のなかで、最も知られたもの……」

「見落とした可能性もある？」

「もしかしたらあるかもしれませんけど、出題者さんが意地悪でない限り、うっかり見落としてしまうようなものを答えにするでしょうか？」

『最も知られた』って書かれるくらいだし、見落とすのは考えにくいか……」

緑道は大通りに突き当たった。車道の下をくぐるように地下道がある。下りていく階段は自転車も押していけるようになっていたが、かなり狭い。

玉川上水緑道環七横断地下道

入口にはそう書いてあった。大通りはどうやら環状七号線らしい。ちかは環状七号線をよく知らなかったが、親が「かんなな」だとか「かんぱち」だとか言っているのをなんとなく憶《おぼ》えている。それを魚の名前だと思っていた時期もあった。

「地下道を通ってみましょうか」

「……あ、待って！　こっちに橋が！」

ちかは地下道に入らず、脇を抜けて環状七号線沿いの歩道まで行った。白い欄干が端だけ見えていたのだ。コンクリートに白いペンキを塗った、古そうな橋跡だった。片側二車線の車道の向こう側にも同じものが見える。

「よく見つけましたね！　これは『大原橋《おおはらはし》』のようです」

例のごとく親柱に名前が刻まれていた。「昭和廿七年三月成」ともある。西暦一九五二年。およそ七〇年前、戦後それほど経《た》っていないときに架けられた橋だ。

「由緒正《ゆいしょただ》しそうではあるけど……見落としそうな場所にあるし、これは違うかな」

だんだんと、謎解きへのメタな挑み方を習得しつつあるちかだった。

引き返して地下道に入る。あまりにも窮屈なトンネルだった。幅は狭いし、天井は低い。それどころか、謎のアーチやら配管やらがむき出しで、頭をぶつけそうだ。歩くだけでちょっとした探検気分になった。

「もうちょっとどうにかならなかったのかな、この通路」

「もしかすると、私たちの立っているちょうどこの位置が、昔の川底だったのかもしれませんね。幅が狭いのは……ひょっとすると、隣に暗渠《あんきょ》があるからでしょうか」

「ほう。そう考えると、狭いのも許してあげられるね」

確かに地下道は、大原橋の左岸側にぴったりとくっつくように造られていた。使えるはずのスペースの半分しか地下道になっていないのだ。地上から見た入口付近では、右岸側に植え込みの茂る謎スペースが存在していた。そこを水が流れているのだろうか。

ちかは薄目になって、大原橋をくぐって歩くイメージを視界に重ねてみる。すぐ隣を玉川上水の水が流れている。橋の下は日が遮られていて暗い。橋脚に沿って歩くと水の流れる音が橋に反響して、あらゆるところからせせらぎが聞こえてくる——などと想像する。

「近代の建築も面白いですよね。曲がった線路もそうですけど、こういう狭い通路とか、おかしな構造があると、当時の事情が想像できたりして……この街が昔からずっと連続してるんだな、って実感できます」

「ほう、連続?」

「白黒写真の時代と今が繋《つな》がってるんだって、物理的な証拠が語ってくれるというか」

「確かにねえ。昔の写真を見ただけじゃ、そこに写ってる世界が今の暮らしに変化するなんてあんまり想像できないけど」

「こうして昔の建築に触れると、なんだか繋《つな》がりを感じます」

想像力さえあれば、ありふれた住宅街の狭い地下道を歩くだけで時間旅行ができるのだ。いろいろ語ってくれるゆいが一緒に来てくれてよかったな、とちかは心の中で思った。

大原橋をくぐった二人が遊歩道をさらに行くと、やたらと目立つ橋に突き当たった。

レンガ造りの立派な橋だ。きれいなアーチの下には、そこで再度露《あら》わになる玉川上水の水面が静かに揺れている。しかし、主張の強さの原因はそれではない。

なんというか——普通の橋ではないのだ。

欄干は粘土の赤色と反発するような水色に塗られていて、丸や三角を組み合わせた怪しげなマークがちりばめられている。橋の側面に向かって劇場の客席のように段差が設けてあった。

普通は川面《かわも》になっているはずの部分が、暗渠《あんきょ》であることを活《い》かして、橋を横から眺められるスペースになっているのだ。

これまで見てきたなかで、一番大きく、目立つ橋かもしれない。

「なんだか遊び心のあるデザインだね」

「それに、一番『これぞ橋！』って感じがしますよね！」

ゆずり橋

親柱にはそう刻まれていた。ただならぬ雰囲気を感じて、二人はこれがいったいどういう橋なのか考察してみることにした。

まず橋を渡ってみる。謎のハンドルがついた車止めがあり、歩行者や自転車しか通れない構造だ。白い石のタイルが敷かれているのだが、そこにはなぜか人間の足形が浮き彫りになった石板が埋め込まれていた。やはり普通の橋ではない。

奇抜なデザインの理由は、橋を渡った先に書いてあった。

そこには玉川上水とゆずり橋の説明板が立っていて、橋の由来が詳しく説明されている。

江戸時代に掘られた玉川上水は、明治時代、他に給水路ができると使われなくなり、水も流れなくなっていった。しかし歴史や自然を残したいという人々の願いから、一九八六年に再び水を流すようになって、その後、このゆずり橋も立派に架け替えられたという。

平成二年に代田児童館の子どもたちが架け替える前の橋を見に行き、「ここにこんな橋があったらいいな」と思い思いに絵を描きました。絵の中にある子どもたちの考えたすてきなアイデアが、新しい橋のデザインにたくさん取り入れられました。

「子供たちのデザインを採用したんだね……といっても、多分今は私たちよりずっと年上になってるはずだけど」

「今は三〇代から四〇代くらいでしょうか。完成したときはきっと嬉《うれ》しかったでしょうね」

改めて橋を見て回ると、星形の時計や地面に埋め込まれた花の模様のタイルなど、随所に可《か》愛《わい》らしいデザインが組み込まれていた。

ベンチがあったので、二人は橋の前で少し休憩することにした。

「ふう……」

ゆずり橋を眺めながら、ちかはゆっくりと息を吐いた。

「こんなにじっくり橋を観察したの、初めてかも。結構面白いんだね」

「橋の名前も普通は意識しないですし、まして橋歴板を読んだりデザインの理由を考えたりなんて、こんな機会がなければなかなかしませんから……先輩に誘っていただけたおかげで、意外な楽しさを見つけました！」

　と言ってから、ゆいがふと何かを閃《ひらめ》く。

「それです！　ちか先輩がテストプレーヤーに選ばれた理由が、わかったかもしれません！」

「え、ほんとに？」

「はいっ！　先輩って、旅先で想定外を楽しむことに長《た》けていると思うんです」

「想定外……私にそんな力あるかな？」

「先輩が普段している旅って、言い方を選ばなければ、結構……『ざつ』じゃないですか」

「それは事実だけど」

　雑であることを許容しないと、旅先で上手《うま》く動く計画などをあれこれと考え始めてしまい、旅に出るハードルが高くなってしまう。だからこそ、あえて雑に旅をする。雑でいいんだ、雑なのがいいんだ、と思うことで、旅に出るハードルを下げているのだ。

　しかしそれが選ばれた理由にどう繋《つな》がるのか、ちかにはまだわからなかった。

「先輩は目的地も直前に決めますし、宿も現地で取ることが多いですし……行った先で乗ろうと思っていた峡谷鉄道が全然やってなかったりと、予期せぬ出来事がたくさん起きますよね」

　心当たりしかなかった。

「でもちか先輩は、そういう想定外をむしろ楽しめる人だと思うんです」

「楽しまないとやっていけないから……」

「それって、なかなか難しいことだと思うんですよ。計画通りにいかないことをむしろポジティブに捉えるって。ちか先輩はそういう旅をSNSで発信していますし、出題者のSさんはもしかすると、その投稿を見つけたんじゃないでしょうか」

「待って、旅と謎解きって、何か関係があるの？」

「大ありです！」

ゆいは興奮した様子で、細い人差し指をぴんと立てる。

「ちか先輩の旅と謎解きって、実は根本的には同じ構造なんです。どちらにも、始めるときには想定できないものが待ち構えています。違うのは、進む先を投票や気まぐれに委ねているのか、謎の出題者に委ねているのか、という点でしかありません」

「ほう……？」

早口なので、理解するのにしばらく時間がかかった。でも考えていくうちに、ゆいの説明はちかが今回の謎解きに感じていたわくわく感を的確に言語化しているのだと気づいた。

決まっていないから得られる想定外と、わからないから成り立つ謎は、どこか似ている。

どちらも自分の知らない世界を見せてくれるのだ。

「特に今回の謎解きは、街を歩いて謎を解く、いわゆる周遊謎というタイプのものです。行き先がわからなくても、出会ったものに面白さを見出《みいだ》せる……ブラガモリを楽しめる先輩にはぴったりだと思いませんか？」

「言われてみれば、そうなの、かも……？」

「きっとそうだと思います。今回の企画において、ちか先輩より適任な人はこの世に誰一人として存在しないと断言できます！」

それはさすがに言いすぎなのではと思ったが、よくできた後輩の精一杯の褒め言葉を、ちかはありがたく受け取っておくことにした。

休憩を終え、開渠《かいきょ》となった玉川上水に沿って歩く。木々に覆われ、土がむき出しになった水路。水は澄んでいて、底を歩くザリガニがはっきりと見えた。

京王線のガード下をくぐって、甲州街道に突き当たると――

「あれ？」

玉川上水はそこで暗渠《あんきょ》に戻り、それっきり、ぷつりと姿を消してしまった。

周囲を見回しても、車通りの多い甲州街道と、空を覆う首都高速が見えるだけ。

「玉川上水、終わっちゃった……！」

「終わりませんよ！　羽村までずっと続いてるはずですから」

しかしどこへ行けばいいのか、さっぱりわからない。甲州街道の下を通って向こう側へ行ってしまったのか、甲州街道沿いを流れているのか、はたまた甲州街道で跳ね返るようにUターンして再び離れていくのか。

ちかは少し戻り、玉川上水が暗渠《あんきょ》に戻る入口を覗《のぞ》き込《こ》んでみた。奥が見えるはずもなかったが、そこで一つだけ気づく。

「玉川上水、地下に潜る前に、こっち向きに曲がってる気がしない？」

ちかが指差したのは西側。甲州街道へと合流するような形で、水路が大きくカーブを描いているのだ。行き先を思い描くと、甲州街道に沿うようにして流れていくのが想像できる。

「とりあえず西へ進んでみましょうか。この先でまた緑道が出てくるといいんですが……」

ゆいはスマホを取り出して、Google Maps を開く。「玉川上水」と入力。

検索結果が表示された。近くに赤いピンが立っている。

「あ、合ってるみたいですよ！　この少し先、甲州街道の反対側に、『玉川上水公園』というのがあります。甲州街道沿いを流れた後、どこかで甲州街道を渡って、そこに辿《たど》り着《つ》くんじゃないでしょうか！」

「よし、じゃあそこを目指そう！」

緑道はなくなってしまったが、足元に玉川上水があると信じて甲州街道沿いを歩いていく。

「もう京王線代田橋駅《だいたばしえき》まで来たみたいですね」

「新宿から……三駅くらい？」

「京王新線の駅まで入れるなら四駅です」

「歩いたのはせいぜい五キロといったところか……まだまだ先があるかもね」

「で、ですね……」

ちかは普段から長距離を歩きすぎていて、そのあたりの感覚がおかしくなっている。

周囲を見ながら歩道を進んでいると、ふと、ゆいが立ち止まった。

「どうしたの？」

「あの、この場所、少し広くなっていませんか……？」

ゆいが目の前の空間を指差した。

そこまでは歩道沿いに建物が軒を連ねていたのだが、ガソリンスタンドを境にして、歩道が急に広くなっていた。そのスペースは徐々にすぼまっていき、五〇メートルほど先でなくなっている。まるで、かつてはそこに何か別の構造があったかのように。

ちょうど甲州街道に歩道橋が架かっていた。二人は急ぐ必要もないのに、駆け足で渡る。甲州街道の向こう側に着くと、ちょうどさっきいた側のスペースを延長した辺りに、また歩道の幅が広くなった謎の構造が続いていた。その部分はなぜか草地になっていて、さらに向こうは駐輪場や駐車場になっている。

「これは……」

「甲州街道が、ちょうどこの場所で玉川上水を渡っていたんですよ！」

ゆいが興奮気味に先を指差した。駐車場の向こうには、柵で囲まれた緑の多い敷地《しきち》がある。

緑道は途切れたが、痕跡は確かに続いているようだ。

敷地《しきち》に近づいて施設名を探す。はっきりとは書かれていなかったが、ここがどういう場所なのかは、設けられた看板から読み取ることができた。


大地震のとき、ここで水をお配りします。

ここは、大地震などにより、万一、断水が発生した場合に近隣住民の皆様に水道水をお配りするところ（給水拠点）です。

東京都水道局

「水道の施設なんだね」

「玉川上水は飲料水を届けるための水路でしたから、その敷地《しきち》が水道局のものになってもおかしくありません」

「なるほど、玉川上水も水の道、水道だもんね」

「それに先輩、あれ！　見てください！」

興奮気味に小さく肩を叩《たた》かれて、ちかは看板から顔を上げる。

「あっ」

柵の向こうには、巨大なタンクがそびえ立っていた。三階建ての建物よりも高く、ちょっとした運動場くらいの広さがある。

そして、全体を白く塗られていた。

「白いね！」

「はい！　このタンクに、浄水場から来た水道水を一時的に貯《た》めておくんでしょうね」

「じゃあ……まさに白い湖だ！」

豚の貯金箱に刻まれていた目的地「白き湖」は、おそらくこれのことだろう。

貯水タンクを目《ま》の当《あ》たりにして、ちかはふと気づく。

「この辺りさ、もしかすると、一度歩いたことがあるかもしれない」

「そうなんですか？」

「ゆいにも話したやつだよ。都庁のあたりから西向きに暗渠巡《あんきょめぐ》りをして……そのときにも、この白いタンクを見かけたような気がするんだよね」

「ああ、神田川《かんだがわ》の笹塚支流《ささづかしりゅう》ですね！　私も先輩から話を聞きながら、ブラタモリ風にナレーションをつけたんでした」

ゆずり橋の前でゆいから聞いた仮説を、ちかは思い出していた。

出題者はちかをSNSの投稿で知り、テストプレーヤーに選んだのではないかという説。

「確かあの散歩をしたとき、Dabetter《ダベッター》で実況してたな……」

「やっぱり！　出題者のSさんはきっと、それを見ていたんじゃないでしょうか！　だからこそ、近くを流れる玉川上水の謎を出題する相手に、ちか先輩を選んだんです」

「うーん……確かに、偶然にしてはできすぎてるような……」

「この辺りが終着点で合っている気がしてきましたよ！」

かつて一度通った場所にゴールがある——もし出題者がそれを意図していたなら、なかなか粋なはからいだ。

あとは、ここで街道が交わっていれば暗号文の謎がすべて解ける。それを確認するために、二人は白いタンクの周辺を捜索することにした。

給水拠点は、大きな交差点に面している。さっき渡った甲州街道と——

井《い》の頭《かしら》通《どお》り

青い六角形の中に白く413と書かれたマークとともに、道標にその名が記されていた。

「井の頭通りって、街道かな？」

「えっと……わかりません。それほど長くない道路のはずですし、あんまり街道というイメージではありませんけど……」

「そっかあ。これが街道だったら完璧だったのにね」

すっきりと晴れかけたちかの頭に、再び薄い雲がかかった。

もし「白き湖」というのがこのタンクを意味していたとして、出題者はなぜわざわざ「そこは古《いにしえ》の街道が交わる場所」などと書いたのだろうか。

もし片方が街道かどうか微妙なら書かなければいい話だし、書くなら書くで、解いている人がすっきりするような表現にすべきだろう。

「もしかすると、他に街道があるのかもしれませんね。探してみましょうか」

ゆいの提案でもう少し歩いてみる。タンクの周囲はぐるりと背の高い柵に囲まれていた。井の頭通りをちょっと進んだところで、二人はしゃがみ込んでいる一人の少女を見かけた。

金髪で、制服姿。マスクをしている。高校生だろう。具合でも悪いのかと近づくと、そうではなく、水道局の土地の端にひっそりと立つ石碑を眺めているのだった。

二人の女子大生に距離を詰められて、金髪の少女は驚いたように顔を上げる。

「あ、ごごごごめんなさいっ！　お邪魔ですね！」

少女は上ずった声で言いながら、慌てて場所を空けた。

「いや、ううん、そうじゃなくって、お腹《なか》でも痛いのかなと思って」

ちかが心配すると、少女は首を振る。

「あ、石碑を見ていたんです。しゃがんでいたのは、古くて読みづらかったからで……」

そう言う割には、なぜか少女は息を切らしたように肩を上下させていた。ここで石碑を読もうとしていたならば、呼吸が乱れているのは不自然だ。

何がそこまで彼女の気を引いたのかと思って石碑を覗《のぞ》き、ちかとゆいは思わず息を呑《の》んだ。

井の頭街道

そう大きく刻まれた隣には、読みづらいが「文磨《ふみまろ》」と彫られているようだった。

「街道だ！」

「街道ですねっ！」

そんな二人の様子に首を傾《かし》げてから、少女は慎重に口を開く。

「あ、あの……井の頭通りは昔、近衛文磨《このえふみまろ》によって『井の頭街道』と名付けられたそうです。それまでは、確か、『水道道路』という名前だったようですけれど」

「水道道路？」

なぜか詳しそうな口ぶりで話す少女に、ちかは思わず訊《たず》ねてしまった。

「西の方、武蔵野市《むさしのし》にある境浄水場《さかいじょうすいじょう》からここまで水道管を通して、その地上部分にできた道路だから、そういう名前になったとか……」

「玉川上水だけでは東京の水が賄いきれなくて、新しいルートを作ったんですね」

ゆいがさらに補足してくれた。

新宿駅から玉川上水を歩いてきて、到着したのは水道局の給水拠点。そこには水道管の上に造られた道路が通っている。水道尽くしだ。出題者はそれを意図していたのかもしれない。

ここはまさに、今回の旅のゴールにふさわしい場所なのではないだろうか。

「説明ありがとう。すごく助かった！」

「そそ、そんな、お……お役に立てたなら幸いです！」

「あっ！　ごめん、ちょっといいかな？」

そそくさと去ろうとする少女についちかが声を掛けると、彼女はぴくりと振り返ってくる。

「はい……」

二人に向けられた少女の目には、少し緊張したような色が見えた。急に呼び止められたのだから当然だろう。宥《なだ》めるように、できるだけ優しい声で、ちかは質問する。

「全然たいしたことじゃないんだけど、この辺りに、有名な橋ってあったりする？」

「橋、ですか」

そんなことを訊《き》かれるとは思っていなかったのか、少女はきょとんとする。

「そもそもあまり、川がありませんから……陸橋ならありますけれど」

「そうだよねぇ」

「何かお探しですか？」

逆に訊《き》かれて、ちかは返答に困った。豚の腹に入力する五桁の数字を知りたいので、そのヒントになる有名な橋を探している——と言ってもおそらく伝わらないだろう。

「みんな知ってそうな橋を探してるんだけど」

「えっと、それは、今もある橋ですか？」

「どうだろう。なかったら有名にはならないだろうし……」

ちかはゆいを振り返った。ゆいも少女の質問の意図が摑《つか》めなかったようで、曖昧な表情だ。

ともかく、無関係な少女を巻き込んで考えるほどのことではない。

「ううん、やっぱり大丈夫！　いきなり引き止めてごめんね！　今のは気にしないで！」

ちかが謝ると、少女は「いえいえ」と慌てて手を振る。

「すみません、お役に立てなくて……あの、そろそろ予定があるので、失礼します」

そう言い残して、少女は駆け足で去っていった。

彼女の背中をしばらく見送ってから、ちかは豚の貯金箱を取り出し、ゆいと二人で再びその脇腹を眺めた。

行き過ぎてきた幾多の橋のうちで
最も知られたものの名が鍵を開くだろう

目的地には到着した。あとは、この部分の暗号を解読して五桁の数字を求めるだけだ。

「問題は……『最も知られたもの』ですね」

「『行き過ぎてきた』って書いてあるくらいだし、きっと今までに見てるはずだよね」

「さっきの子が言ってた『今もある橋ですか』って、どういう意味だったんでしょう?」

「今はない橋で、有名なものに心当たりがあったのかな」

「ないのに有名な橋……」

まるでなぞなぞのようだ。

その場で考えても仕方がないので、二人は来た道を引き返すように歩いてみる。交差点の上を通る首都高速に「松原和泉陸橋《まつばらいずみりつきょう》」と書かれていたが、まさかこれが有名ということはないだろう。さらに進むと、さっき甲州街道を渡るのに使った歩道橋が見えてくる。

「例えば歩道橋なんてどうかな」

「確かに言葉としては知られていますけど……」

歩道橋が正答になるとは思いたくなかった。ここまで歩かせてそんなオチだったらひどい。

甲州街道を渡ってさらに戻っていくと、次なる歩道橋が見えてくる。

歩道橋に書かれた文字を見て、ちかは途端にぴんときた。

「ゆい!　答え、わかったかもしれない!」

「本当ですか?」

「あの子の発言がヒントになったんだけどね、一つ、『今はない橋』を見落としてたかもしれないよ。それも、一番有名って言えそうな橋を」

ちかは歩道橋の側面を指差した。ゆいがはっと息を止める。

「ああなるほど！」

そこにはあまりにも堂々と、橋の名前が記されていた。

代田橋駅前

代田橋という橋は見当たらないが、京王線の駅名にきちんとその名が残っているのだ。

もし代田橋という橋が実在したのならば、今回歩いた範囲で鉄道の駅名になっている橋は他に存在しない。代田橋が最も知られている橋ということになる。

「先輩っ！　私たち、玉川上水を辿《たど》って甲州街道を渡りましたよね！」

「そうだね……？」

「甲州街道は江戸時代からあったんです。甲州街道と玉川上水が交差するなら、そこには橋を造らなければいけません。それが代田橋だったんじゃありませんか？」

ゆいがスマホを素早く操作して、「今昔マップ on the web」というサイトを開いた。

上の画面に白黒の古地図が、下の画面にカラーの地理院地図が表示される。設定の部分を見ると、上の古地図は一八九六年から一九〇九年のもののようだ。

地図をスクロールして代田橋付近を表示させると――まさに二人が渡った歩道橋の辺りで甲州街道がクランクし、玉川上水を跨《また》いでいた。その場所には「代田橋」の文字。

◎今昔マップ

▼明治42年測図

▼現在

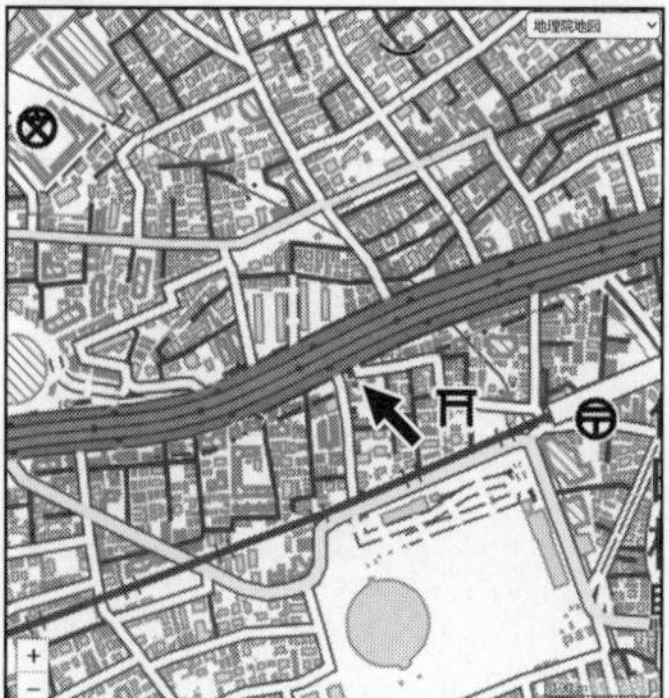

※「今昔マップ on the web」より作成。

「これだ！　やっぱり実際にあった橋なんだね！」

「ですねっ！　答えは『代田橋』です！」

最後に残る問題は、それをどう五桁の数字に変換するかということだった。

「だいたばし……だいたばし……」

ぶつぶつ呟《つぶや》きながら、ちかは考える。

最後の「ばし」が「84」になるとして、「だいた」はどうすればいいのだろう？


結局いいアイデアが浮かばず、二人は休憩がてら、近くのカフェに入ることにした。スリーコンカフェというサンドイッチ店で、入ってすぐのショーケースにはカツサンドからフルーツサンドまでおいしそうなサンドイッチがずらりと並んでいる。

ちょうど昼時だったこともあり、二人はショーケースから選んだサンドイッチとコーヒーを注文した。悩んだ末、ちかはヒレカツサンド、ゆいはミックスフルーツサンドにした。

席に着いて、テーブルの上にすべての手掛かり――豚の貯金箱と出題者からの手紙を出す。

腹が減っては謎は解けぬということで、ちかはサンドイッチを食べながら豚の貯金箱と向き合うことにした。ヒレカツサンドは、注文後に焼いてもらうことができた。ソースにジャムのような甘さがあり、それが意外にもカツの味を引き立てていておいしい。

ちかの向かいではゆいがミックスフルーツサンドを頬張っている。イチゴとメロンに加えてなぜか紫色のドラゴンフルーツが入っており、断面が鮮やかできれいだった。ゆいによれば、果物を溶かし込むようなあっさりとした生クリームの味がコーヒーによく合うそうだ。

サンドイッチに夢中になってしまった二人は、食べ終えてから謎について話し合った。ちかは豚の貯金箱ばかり見ていたが、ゆいが注目したのは、封筒に入った手紙だった。

難しい顔で読むゆいに、ちかは訊《き》いてみる。

「手紙にヒントでも隠れてた？」

「少しお待ちを……もうすぐでフルーツサンドの糖分が脳に届きそうなんです」

ゆいの眼鏡がきらりと光った。まだ時間はたっぷりある。ちかは頷《うなず》いて助手の推理を待つ。

「あっ！」

それから一分と経《た》たないうちに、ゆいが何かを閃《ひらめ》いた。

「先輩、この追伸をよく見てください！」

ゆいがそう言って、手紙をちかに見せてくる。

P．S．豚さんのロックは、最初は　あかぬよう　になっています。

「ああ、なんか変な言葉遣いだと思ったんだよねぇ」

「それだけじゃありません。『あかぬよう』の前後に、少し不自然な間がありませんか？」

「あ、ほんとだ……」

「これをヒントだと考えることができるかもしれません」

「ヒントって……『あかぬよう』が？」

「はい。豚さんのロックは、最初は『あかぬよう』という文字列になっています——こう読むこともできませんか？　わざわざひらがなで書いてありますし、ちょうど五文字です」

ちかは最初の数字の並びを思い出す。ウニご飯。いや、イッツ後輩《12581》。

「12581が、『あかぬよう』に対応するってこと？」

「はい。それで……あ、やっぱり！　ばっちり一致します！」

ゆいの瞳がきらりと輝く。メモ帳とボールペンを取り出して、対応関係を書いていく。

「ひらがなは五〇音、数字は0から1の一〇通り。ひらがな五文字が数字一つに対応すると考えると、『あいうえお』が1で、『かきくけこ』が2、と変換するのが自然です。このルールに従うと——」

1 ← あ
2 ← か
5 ← ぬ
8 ← よ
1 ← う

「『あかぬよう』がぴったり『12581』になります！」

「『ぬ』は……な行で『あかさたな』の五番目だから、5ってこと？」

「その通りです！　だから、代田橋は――」

ゆいのペンが「だいたばし」を一文字ずつ変換していく。

変換はシンプルだ。「だ」は……た行だから4。「い」は……あ行だから1。

だ　い　た　ば　し
↓　↓　↓　↓　↓
4　1　4　6　3

「すごい！　すごいよゆい！」

「答えは【41463】です！　豚さんのお腹《なか》に、この五桁を入力してください！」

メモ帳に書かれた数字になるよう、ちかはダイヤルを回していく。

かちゃり。最後の「3」を合わせた瞬間、豚は腹からぱかりと開いた。

「やった！」

「やりましたね！」

中にはぷちぷちの緩衝材に包まれ、ピンク色の何かがぴったりと収まっていた。

緩衝材を取り除くと――

現れたのは、さらなる課題を携えた一回り小さな子豚だった。

どうやら謎はまだ続くらしい。


帰路はさすがに歩かず、代田橋から京王線に乗って新宿まで戻ることにした。

「ちか先輩、ちょっと調べてみたんですけど」

電車を待っている間、ゆいがそう言ってちかにスマホで写真を見せてきた。

出発地点となった「煉瓦色《れんがいろ》の虹」で撮影した、二人の自撮りだ。

「明治時代に近代水道が整備されたとき、玉川上水の、ちょうど代田橋辺りから下流が役目を終えて、一部は暗渠《あんきょ》になったんですが……このレンガのアーチ、実はそうした歴史を記念するモニュメントだそうです。新宿駅の地下に造られた玉川上水の暗渠《あんきょ》を原寸大で再現したとか」

「え、そうだったんだ。やけに浮いてるアーチだな、とは思ってたけど……あのサイズのトンネルが新宿の地下に埋まってたってこと?」

「びっくりですよね! モニュメントには当時のレンガも実際に使われているみたいですよ。多分、この根元のところだと思うんですけど……」

ゆいが写真を拡大する。古そうなレンガが少しだけ顔を出していた。

「私たち、スタート地点からすでに玉川上水を見てたんだねえ」

「あんな雑踏の中に明治時代があったなんて、驚きです」

電車がやってくる。各駅停車新宿行。がらがらだったので、二人並んで席に着いた。

「疲れましたけど、とっても楽しかったです」

「だねえ。いろいろ話してくれてすごく勉強になったよ。ありがとね」

「こちらこそ。普段の旅と違って、デートみたいでちょっと新鮮でした」

自分でそう言っておきながら、ゆいは勝手に耳を赤くした。早口に続ける。

「あ、これは変な意味ではなくて、知ってる地域でも知らない道を歩くと新鮮な気分になるっていうか、ちょっと視点を変えるだけで世界が変わるっていうか……そういう意味です！」

慌てた様子の可愛《かわ》い後輩に、ちかは自然と微笑《ほほえ》む。

「いいこと言うね、ゆいは」

ぎぎぎぎ、と金属音が響いた。ブレーキがかかり、電車は速度を落としていく。車両は右に左に揺れ、ちかの腕にゆいの細い肩がこつんと当たった。

行きは水の道を歩き、帰りは鉄の道に揺られる。

この京王線の減速が尾根筋に沿った玉川上水の流路に由来するなんて、謎を解くために緑道を歩かなければ、絶対に気づかなかっただろう。

シートから伝わる電車の振動を感じながら、ちかは四〇〇年前の苦労に想《おも》いを馳《は》せた。

第二章☀ずっとその山を見ていた

第二章　ずっとその山を見ていた

車窓から差し込む秋晴れの陽光に目を細めながら、ちかは湘南新宿《しょうなんしんじゅく》ラインに揺られていた。新宿駅《しんじゅくえき》を出てから目的の駅まではおよそ一時間かかる予定だ。

手元には子豚の貯金箱。側面には四行の怪しげな文章が刻まれている。

彩国の誕《う》まれし地に邪志なき首長らが眠る
日之本《ひのもと》の至宝に祈りを捧《ささ》げて十の山を巡れ
石門の護《まも》る最も若き山が拝すは最も高き峰
その頂が左手を解き門の由緒《ゆいしょ》が右手を開く

今回の手掛かりもたったこれだけだ。子豚は例のごとく背中に蝶番《ちょうつがい》がつけられ、縦にぱっくり開くようになっていて、腹には四桁の数字のダイヤルが二つ並んでいる。

つまり——右と左にそれぞれ入れる四桁の数字を、この四行だけから求める必要がある。

初めて読んだとき、ちかはとても無理だと思ってしまった。最初から最後まで全く意味がわからない。ちょっとかっこいい感じに書かれているのは伝わってきたが、具体的に、どこへ行って何をしろというのか。

しかし、もつべきものはできた後輩である。

代田橋《だいたばし》のカフェでこれを見た瞬間、ゆいはあっさりと目的地を見抜いてしまった。

「崎玉古墳群《さきたまこふんぐん》です！　間違いありませんっ！」

それから一週間が経《た》ち、残念ながら都合がつかなかったゆいに「困ったらいつでも連絡くださいっ！」と背中を押されて、ちかは崎玉古墳群のある行田市《ぎょうだし》に向かっているのだった。

「しっかしまあゆいのやつ、こんなんでよく場所がわかったよなあ」

ずいっとちかの手元を覗《のぞ》き込《こ》んできたのは、蓮沼暦《はすぬまこよみ》。

ちかとは中学時代からの友人で、ちかと同じくゆいの先輩で、ゆいが先週、ちかと一緒に出掛けていることを自慢した相手である。次こそはと主張してきたので、連れてきた。気のいいやつで、なんだかんだ一緒にいると楽しいのだが、ちかは本人の前であまりそれを認めない。

「崎玉古墳群のある場所には『埼玉県名発祥之碑』っていうのがあるんだって。『彩国』は埼玉県の愛称になってる『彩の国』のことじゃないかってゆいは言ってた」

「ほーん。じゃあじゃあ、邪志なき首長ってのは？」

距離が近い。子豚に夢中になっている暦のポニーテールがちかの視界を覆っていた。

ちかはゆいからもらった画像をスマホに表示し、ポニテの向こう側に差し出した。和紙に黒一色で刷られた和本の一ページ。国書データベースなるもので見つけた『鼇頭古事記《ごうとうこじき》』とやらの上巻から引っ張ってきたそうだ。よくわからないが、それらしい文字列が書かれている。

「……无邪志國造《むざしのくにのみやつこ》？」

「昔、武蔵《むさし》の国《くに》の辺りを治めてた人たちのことらしい。この『无』っていうのは『無い』って意味でさ。古墳は権力者を埋葬するところだから」

「埼玉古墳群に眠ってるってことか。なるほどなー」

一行目に記された二つの内容がどちらも崎玉古墳群を示しているのだから、向かうべきはそこで間違いない。残りの部分はまだ意味不明だが、朝のうちに出発したから時間はたくさんある。とにかく現地で考えてみるしかないだろう。

二人は吹上駅《ふきあげえき》で電車を降りて、行田《ぎょうだ》折返《おりかえ》し場《じょう》行きのバスに乗った。ちかも埼玉に行くことはたまにあったが、この辺りへ来るのは初めてだ。なんだか空が広く感じられる。

バスは田畑に囲まれた道を北へ進む。産業道路《さんぎょうどうろ》というバス停で降り、あとは徒歩。平野のど真ん中といった感じの広々とした風景の中を一〇分ほど歩くと、大きな公園が見えてくる。

崎玉古墳群を擁する「さきたま古墳公園」——今日の謎解き旅はここから始まる。

健脚な読者への挑戦状（2回目）

自力で謎を解いてみたいという気概があり、埼玉県の埼玉古墳群を訪れる機会がある方へ。

これにて第二章における謎がすべて出揃《でそろ》いました。

手掛かりはここまでの文章中のみならず、あなたの暮らしている世界にも実際に眠っています。いったん読む手を止め、現地を歩きながら考えてみるのも一興でしょう。

第二章で必要な答えは、子豚の貯金箱の腹に入力する【四桁の数字二つ】です。

迷ったときは休憩がてら、この本を読み進めつつ解いてみるのもよいかもしれません。くれぐれも歩きやすい靴で、周囲には十分な注意を払ってお楽しみください。

ご健闘をお祈りいたします。

さて、次ページからは解答編となっております。

読書のみ楽しまれたい方は、そのままお進みいただいて構いません。

逆井卓馬

所要時間の目安：約四時間
歩く距離の目安：五～一〇キロメートル程度

「鈴ヶ森《すずがもり》どの、古墳についてはどれくらい予習してきましたかな？」

「予習？　ううん、全然」

「じゃあまずは博物館でお勉強だな。あたしも古墳時代はそんなに詳しくないし」

いつも通りなんの下調べもせずにやってきた二人は、公園内にあるという博物館へ向かうことにした。そこで必要な情報を仕入れようという目論見《もくろみ》だ。

案内するぜ、と暦がちかを先導してくれる。

「古墳時代ってさ、弥生時代の後、飛鳥時代《あすかじだい》くらいまでのことで、だいたい一七〇〇年前から一四〇〇年前だったよな。卑弥呼《ひみこ》ちゃんと聖徳太子《しょうとくたいし》くんの間」

おどけた感じで言いながらも、暦にはしっかりと時代区分の知識があるようだった。

「そうだった、かな……？」

「最近復習したから、多分そう！」

一方ちかは、卑弥呼や聖徳太子の名前くらいはさすがに聞いたことがあったが、日本史の時代区分も怪しい有様《ありさま》だった。むしろ、同類だと思っていた暦がいつの間にか年数までしっかり暗記していることに驚いていた。そう勤勉なキャラではなかったはずなのに。

ちかと暦が出会ったのは中学生のときだ。同じクラスになったことで知り合ったが、仲よくなったのは、教室の隅で絵を描いていたちかに暦が声をかけてきたのがきっかけだ。

「絵うまっ！　鈴ヶ森さん、漫画家になれんじゃね？」

無邪気に発せられた暦のひとことが、まだ漫画家になりたいという夢でさえ曖昧だった当時のちかには、とても嬉《うれ》しかった。

それ以来二人はよく一緒にいるようになり、別々の大学に進んだものの、今でも頻繁に連絡を取り合い、連れ立って旅に出たりもしている。

ノリが合って、お互いをよく知る仲だからこそ、ちかは暦の変化が少しだけ気になった。

しばらく通りを進むと、暦は道路沿いにある簡素な建物に吸い寄せられた。

「これが博物館？」

だとしたらかなり小規模だ。不思議に感じて、ちかは建物名を見た。

観光物産館　さきたまテラス

「あのー」

「なんだね？」

「……博物館は？」

「いやあ、朝飯食べ損ねちゃってさあ。せっかくだしなんか買っていこうぜー」

自動ドアを入ると、小さな店内にお土産や特産品がずらりと並んでいた。一番目立っているのは入口近くに並ぶ埴輪《はにわ》。それを囲むように、うどんやら餃子《ギョウザ》やら菓子類やらが陳列されている。暦はパンや和菓子の並ぶ棚の前で足を止めた。ふむふむ言いながら品定めする。

「うーん、草もちもおいしそうなんだけどなあ、この塩あんびん餅ってのも気になるなあ」

「何？　塩あんびん？」

「すずちん聞いたことある？」

「ううん。どんな味つけなんだろう」

「じゃあこれにしよっ」

暦は即決して、二個入りの塩あんびんを購入した。

一帯は公園として整備されていた。適当なベンチに座って食べることにする。

透明なパックに仲よく二つ並んだ餅は、ぱっと見、特徴のない白い大福だ。

「塩って言うくらいだから、しょっぱいのかな？」

「甘じょっぱいのかもな。いっただきまーす」

暦は大口を開け、少し遅めの朝食をぱくりとかじった。一瞬不思議そうな顔になり、それから真顔でもぐもぐと咀嚼《そしゃく》を始める。普段よりずっと長めに噛《か》み締《し》めたあと、心残りのありそうな表情でごくりと呑《の》み込《こ》んだ。

「どんな味だった？」

「不思議な体験だった。すずちんも一個食べる？」

「いいの？」

「もち」

「ん、ありがと」

餅だけに、と言ってほしそうだったのでそういうツッコミはせず、ちかは暦から塩あんびんを受け取った。白い餅に薄く片栗粉《かたくりこ》が打ってある。それほど不思議なものには見えない。

「いただきます」

一口食べてみて、想定外の味に動きが止まる。名前の通り、確かにうっすらと塩味がする。餅の中には小豆の香りが強く残るほくほくとした餡《あん》が入っている。

ただ、どこにも甘さがないのだ。

想像していたあの甘みはどこにあるのかと探すような気持ちでもぐもぐと咀嚼《そしゃく》する。ずっしり、しっかりとした食感で食べ応えがあり、噛《か》めば噛《か》むほど味が濃くなっていくようだ。お米をよく噛《か》むと甘くなるのとおそらく同じ理由で、ほんのりと甘みが滲《し》み出《だ》してきた。

呑《の》み込《こ》んでから暦と目が合い、ちかは自分が暦と全く同じ反応をしてしまったことに気づいた。暦がやけににやにやしてくるので、ちかも笑いそうになる。

「なんだよう」

「いや、あたしと同じ反応したなって」

「誰だってこうなるでしょ、初めて食べたら！」

よかった、自分の舌がおかしかったわけではなかったんだ、と安心する。

「すげえよなこれ、全然甘くない」

「材料どうなってる？」

パックに貼られたラベルには、これ以上ないほどシンプルな原材料が書かれていた。

原材料名：国産餅米、国産小豆、しお、澱粉《でんぷん》

澱粉《でんぷん》は、くっつくのを防ぐための打ち粉だろう。餅と餡《あん》に味付けは塩のみ、砂糖は全く入っていないのだった。

「やっぱそうか。どうりで甘くないと思ったわ」

「よく噛《か》むと甘かったよ」

二人して二口目に挑んで、さっきよりも長時間もぐもぐを続けてみる。砂糖の甘みがないぶん、餅米や小豆の味がしっかりと感じられ、ほんのりと出てくる素材の甘みがそれを支える。

もぐもぐ中に暦が文明の利器——要するにスマホで調べたところ、塩あんびんとは、ここ行田市など埼玉県北部で古くから食べられてきた郷土料理らしい。砂糖が貴重だった江戸時代、塩で味付けした餡《あん》を餅で包んで作り、収穫を祝ったという。

「昔の人は砂糖なしでよく頑張ったよなー」

「江戸時代の味だと考えると、ちょっと面白いね」

塩あんびんで腹ごしらえをした二人は、今度こそ博物館に向かった。木々の茂る古墳公園は車道を挟んで左右に広がっている。右手の方に折れると並木道がまっすぐ続いていて、この先に博物館があるという案内板が見えた。

「おっ、これこれ！」

途中で暦が立ち止まって、道端にある石碑を指差した。

埼玉県名　発祥之碑

「あ、これがゆいの言ってた石碑か」

石碑の隣には「埼玉県名の由来」と題した説明文も添えられている。

要するに、埼玉という県の名は、ここ行田市崎玉に由来するということらしい。奈良時代の文書にはすでに「武蔵国前玉郡《むさしのくにさきたまのこおり》」という表記があり、前玉神社《さきたまじんじゃ》という由緒正《ゆいしょただ》しき神社が鎮座するこの場所はまさにその中心部だったと考えられているそうだ。

「『前玉』って書いて『さきたま』って読むんだな」

「青森県の弘前《ひろさき》も、『前』の字で『さき』って読むよね。前イコール先ってことなのかな」

「おおー、先攻と後攻なのに前半と後半的なあれか」

「…………？」

何を言ってるんだこの人、という顔のちかに、暦が異議を唱える。

「後攻の対義語が先攻なのに後半の対義語が前半なのはどういうことだって、誰でも一度は考えたことあるじゃんかよー！」

「ないけど……」

それから二人は、はたして前と先は同じ概念なのか、時間の話だと前が過去で先が未来になってしまうのはどういうことか、などという話題で意見を戦わせながら博物館へ移動した。

公園の只中《ただなか》にある博物館は、一階建ての入口の左右に翼を広げるようにして大きな施設が繋《つな》がった白塗りの建物だ。雰囲気としては公民館やなんとかセンターといったものに近い。

埼玉県立さきたま史跡の博物館

ドアの上に書かれた施設名を確認してから、中に入る。

入館料は中学生以下が無料、高校生と大学生が一〇〇円、大人で二〇〇円と破格の安さだった。入って左が企画展、右が常設の国宝展示室となっている。二人はとりあえず、そもそも崎玉古墳群とはなんなのかを知るために常設展の方へと向かった。

展示室の手前に部屋があり、大きな地図や年表が展示されていた。そこにまさに求めていた説明文を見つける。空撮写真とともに、崎玉古墳群のあらましについて簡潔に書かれていた。

◉特別史跡 埼玉古墳群

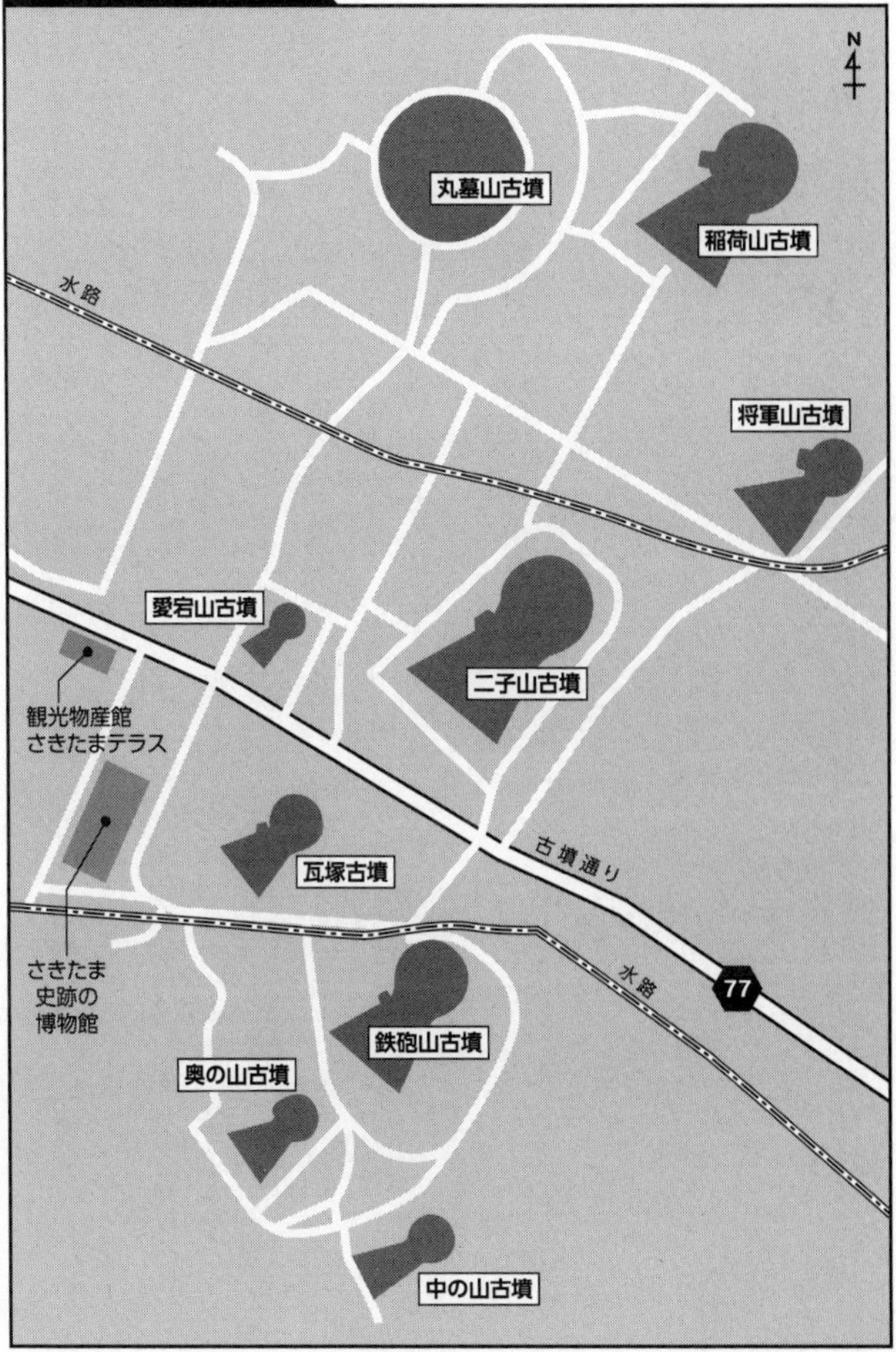
N
丸墓山古墳
稲荷山古墳
水路
将軍山古墳
愛宕山古墳
二子山古墳
観光物産館
さきたまテラス
瓦塚古墳
古墳通り
さきたま
史跡の
博物館
水路
77
鉄砲山古墳
奥の山古墳
中の山古墳

崎玉古墳群は、五世紀後半から七世紀初めまでの約一五〇年の間にこの周辺で造られた、国内でも有名な古墳群だという。二〇二〇年に「特別史跡」に指定された。八基の前方後円墳と一基の大型円墳を含んでおり、日本最大級の円墳である丸墓山古墳《まるはかやまこふん》、国宝である金錯銘鉄剣《きんさくめいてっけん》が出土した稲荷山古墳《いなりやまこふん》など、個性豊かで貴重な古墳が勢ぞろいした大変やばい遺跡だそうだ。

実際に古墳の配置を見てみると、この博物館がある公園内に、鍵穴の形をした前方後円墳が窮屈そうに並んでいる。どれも方位磁針みたいに仲よく同じ方向へ傾いていた。

「全部で九基なのか？　十の山を巡れ、って書いてなかったっけ」

暦に指摘されて、ちかは子豚を取り出して確認する。

日之本《ひのもと》の至宝に祈りを捧《ささ》げて十の山を巡れ

「確かにそうだ。山が古墳って意味なら一つ足りないね。どういうことなんだろ」

「まー細かいことはいいか。古墳巡りしながら、一番新しい古墳と一番高い古墳で、それっぽい数字を探せばいいってことだろ？」

暦が次の行を指でなぞった。

石門の護《まも》る最も若き山が拝すは最も高き峰

ちかは玉川上水《たまがわじょうすい》を歩いたときを思い出す。緑の川は暗渠《あんきょ》の上の緑道を示していたし、白き湖というのは白く塗られたタンクのことだった。今回は素直に山や峰を古墳のことと解釈して、それを巡っていくのがいいように思えた。

「そうだね。じゃあ、日之本《ひのもと》の至宝に祈りを捧《ささ》げて、っていうのは……」

「ナショナルトレジャー、国宝展示室！　日之本《ひのもと》は我が国日本、ならば「日之本《ひのもと》の至宝」はすなわち国宝ということになるだろう。目の前には博物館の国宝展示室がある。とりあえず入ってみることにした。

展示室内は、照明が少し暗く設定されていて、大きなガラスケースがずらりと並ぶ静かな空間だった。なるほど博物館だ、と思わせるような別世界。錆《さ》びた剣や青銅の鏡、大きな土器や埴輪《はにわ》などが整然と並べられている。なんとなく気が引き締まる雰囲気だった。

「おー」

暦が感嘆の声をそっと漏らした。ちかも声を落とす。

「すごいね、全部国宝なのかな」

「稲荷山古墳ってとこで見つかった出土品が国宝になってるらしいぜ」

暦に引っ張られて、ちかは展示室の中央に向かう。そこには先ほどの説明文にも書かれていた金錯銘鉄剣とやらのレプリカが展示されていた。稲荷山古墳から出土した副葬品で、これが世紀の大発見なのだそうだ。眼鏡をかけた長髪の少女が魅入られたようにじっとそれを眺めている。二人はお邪魔にならないよう、隣からそっと展示を覗《のぞ》いてみた。

茶色に錆《さ》びた長い剣には、金色の漢字がずらりと並んでいる。手書きの柔らかさを感じさせる字体で、解説によると表裏合わせて一一五文字あるらしい。

辛亥年七月中記乎獲居臣上祖名意富比垝其児多加利足尼其児名弖已加利獲居其児名多加披次獲居其児名多沙鬼獲居其児名半弖比
其児名加差披余其児名乎獲居臣世々為杖刀人首奉事来至今獲加多支鹵大王寺在斯鬼宮時吾左治天下令作此百練利刀記吾奉事根原也

一五〇〇年くらい前の文字なのに、ちかでもそれなりに読み取ることができる。解説を読むとその内容もわかった。「辛亥年《しんがいのとし》七月中記」という年月の記録で始まり、埋葬された人物の系譜を伝え、功績を讃《たた》えているそうだ。

「たった百文字なのに、これが大発見なの？」

「まあ、この時代の歴史の記録なんて、ほとんど残ってないだろうしな」

「そうなんだっけ」

「古事記の完成が七一二年で、日本書紀の完成が七二〇年、どっちも奈良時代だろ。稲荷山古墳が造られたのは古墳時代、それよりずっと前だからさ」

　よくそんな年号を憶《おぼ》えてるな、とちかは感心した。自分はもう年号なんてほとんど忘れて、そのころならば「納豆《七一〇》ねばねば平城京」くらいしか知らない。

暦によると、古事記と日本書紀は我が国最古の歴史書だという。鉄剣に刻まれた「辛亥年《しんがいのとし》」とは四七一年のことだと考えられていて、それらより二〇〇年以上も古いことになる。

　すると確かに、大変貴重なものだと言えるのかもしれない。

「でもこの内容から何がわかるのかな」

「古事記も日本書紀も、神話が混じっちゃってるからさ、例えばこの剣に名前が記されてるから、ワカタケル大王っていう人物がこの時代には確かにいて、しかもこっちの地方まで確かに影響力があったんだなあ、ってことがわかったりしたみたいだぜ」

　暦が剣に刻まれた「獲加多支鹵大王」を指差す。これで「ワカタケル大王」と読むらしい。

「ほう……わかたける……」

　ちかの脳内に「NO　IMAGE」が表示された。

「すずちん、ほんとに歴史弱いよな……」

「悪かったねっ！」

「わー、怒らないでくれよう」

「怒ってないもん！」

「お顔がぷんすこしてるって！」

「してない！」

声を抑えていたものの、眼鏡の少女が二人のやりとりを聞いてくすくす笑い始めてしまったので、申し訳なくなった二人はそそくさとその場を離れた。

国宝展示室には他にも馬具や矢尻、帯金具など、一五〇〇年前のものとは思えない出土品の数々が展示されていた。劣化はあるが、細かいところまで細かな装飾が施されている。埴輪《はにわ》の種類も豊富で、人型はもちろん、水鳥を模したものまであった。

「ハッスー、この鳥なんか可愛《かわい》くない？」

「おお、ほんとだ。めっちゃアヒル口だな」

「アヒルなんじゃない？」

「どうりでアヒル口なわけだ」

あまり考古学には触れてこなかったちかだが、くだらない話をしながら見ているだけで面白い。博物館というより、美術館のようだ。歴史のことがあまりわからなくても、並んでいる品がどれだけ貴重なものなのかは伝わってきた。

「すずちん！　見つけた！」

暦が手招きするので行ってみると、そこには埼玉県内の古墳編年がまとめられていた。埼玉古墳群にあたる古墳は赤色で強調してある。

「この浅間塚古墳《せんげんづかこふん》ってやつ、特別史跡には指定されてないけど、広い意味での崎玉古墳群に含まれてるみたいだぜ」

「ということは……これが一〇個目？」

「そう。しかも年表を見るに、一番新しい――つまり最も若い古墳って言えるっぽい」

もう一つ戸場口山古墳《とばぐちやまこふん》というのも過去にはあったらしいが、すでに消滅しているそうだ。

ここには「十の山」がある。

「ハッスー、ナイス！」

もう答えを手に入れたも同然だ。さらに展示を見ていくと、どうやら最も高い古墳は丸墓山古墳らしいということまでわかってしまった。

「じゃあ最低限、浅間塚古墳と丸墓山古墳だけ行けば謎は解けるってことか……」

地図を見ながら考えるちかに、暦が横から言う。

「でも豚の暗号文には、十の山を巡れ、って書いてあったよな」

「そうだったね」

「何か意味があるのかもしれないし、せっかくだから全制覇してみようぜ！」

暦の提案にちかも同意し、古墳巡りが始まった。

「なあすずちん、あれやってみない？　ほら、昔テレビでやってた帰れないやつ」

博物館を出たとき、暦が何やら提案した。

「帰れないやつ？」

「ゆいとはブラガモリしたんだろ？　あたしもなんかそういう企画やってみたいんだよお」

「帰れないやつってなんだっけ」

「ほら、帰れないテン、みたいなさ……帰れぬテンじゃなくて……帰れなくテンじゃなくて」

「帰れま10《テン》？」

「それだ！」

暦が捻《ひね》りだした「帰れなくテン」の間抜けな響きに笑いつつ、ちかは思い出す。

帰れま10は、複数人で飲食店を訪れ、人気メニューのトップテンを当てる企画だ。全メニューの中から一品ずつ注文していくのだが、注文した品はすべて食べなくてはならない。そして人気の一〇品を当てるまで帰れない——だから帰れま10というわけだ。

「でも、古墳って食べられないよね」

「そうだけどさ。せっかく一〇ヶ所も巡るんだから、全部にセールスポイントっていうか、すげえとこを見つけるまで帰れません、っていう制約を誓約しようじゃんってわけ！」

「お、それはちょっと面白いかも」

一〇個という要素と帰れないという要素しか合っていない気もしたが、ちかはあまり気にしないことにした。

「だろー？　じゃあさっそく一つ目は……」

博物館の目の前には芝生の広場があり、そこに「瓦塚古墳《かわらづかこふん》」が横たわっていた。見た目はきれいに草刈りされた小山だ。周囲を柵で囲まれている。左右に緩やかな二つの盛り上がりが見え、鍵穴の形の前方後円墳を横から見ているんだな、と理解できた。

「でっけー」

「でっかいねえ」

「雪が降ればソリで遊べそうだな」

「公園のソリ山ってこんな感じだよね」

「やっぱ博物館に近いのがいいよな」

「そう……かな……」

「…………」

「…………」

さっそく一つ目で躓《つまず》きそうになった二人は、手前に設置された説明板に助けを求めた。解説によれば、全長は七三メートル。六世紀前半から中頃に造られたと推定されている。周囲からいろいろな埴輪《はにわ》が出土したが、古墳の内部については未調査だという。

「ふむふむ。埴輪《はにわ》がいっぱい出たんだな」

「そういえば国宝展示室の中にも飾ってあったよね……ほら、これ！」

ちかは崎玉古墳群のサイトから、瓦塚古墳で発掘されたという埴輪《はにわ》の写真を見つけた。

「水鳥の形の埴輪《はにわ》。可愛《かわい》かったから写真も撮っちゃった」

「お、あれってここで見つかったんだな」

「どう？　これって『すげえとこ』になるかな？」

暦は腕組みをして少し考え、それから右手の親指をぴんと立てた。

「よし、一つ目、瓦塚古墳のすげえとこは、アヒルの埴輪《はにわ》が可愛《かわい》いこと！」

そんなことを勝手に決めて、二人は改めて古墳を見渡す。あの鳥がここに眠っていたと考えると、ただ土の山だなと思って見るよりもずっとロマンがあるように感じられた。

暦がちかに笑いかけてくる。

「しかしあれだな、こうやって実際に古墳を目の当《まあ》たりにすると……」

「目の当たりにすると……？」

「コ、コーフンするよなっ！」

「よし、次は隣の鉄砲山《てっぽうやま》古墳《ふん》かな」

「無視しないでくれよー！」

ずんずんと次へ向かうちかの後ろを、暦は大げさな身振りで追いかけてくる。

暦からは見えないように、ちかはくすりと笑った。

古墳群のあるさきたま古墳公園は車道によって大きく南北に分かれていて、北に五つ、南に四つの大型古墳を擁している。公園内ではないが、浅間塚古墳は道路の南側だ。まずは博物館のある南側を制覇してしまおうという計画で、二人は次なる「鉄砲山古墳」を訪れた。

密集して造られているだけあって、鉄砲山古墳は瓦塚古墳のすぐ南側にあった。瓦塚古墳と違い、周囲を木や植え込みに囲まれており全貌を少し把握しづらい。それでも、前方部と後円部で二つの盛り上がりがあることは確認できた。

「鉄砲だって。なんだか物騒だね……どうしてこんな名前になったんだろ」

「確か、江戸時代に忍藩の砲術訓練場として使われてたからそういう名前になったんだよな」

「え、ハッスー詳しい」

「まあまあ、これくらい常識っすよ鈴ヶ森さん」

ゆいだけでなくいつの間にか暦まで博識になったのかと思って焦《あせ》りかけたが、実は目の前の説明板にそう書いてあった。六世紀後半に造られたと推定されているらしい。

ツッコミを入れるのも野暮だと思い、ちかは砲術訓練場の痕跡を探すことにした。説明板にあった古墳の図で、ちょうど前方部と後円部の間にその位置が記されていたのだ。

古墳を回り込んで石材置き場のような場所まで移動すると、「鉄砲山古墳角場《かくば》遺構」という案内が立っていた。

「お、なんかあの辺り抉《えぐ》れてね？」

暦が古墳の側面を指差した。前方後円墳のくびれた部分が、崖崩れでも起こしたかのように凹《へこ》んでいるのが見えた。

「あれが砲術訓練に使った跡みたいだね」

「お墓をドンパチの練習に使うなんて、なんか罰当たりだよなあ」

「昔は文化財保護みたいな意識が低かったのかも」

「だな。でもまあ、ここはありがたく使わせてもらおう」

何に使うのかとちかが首を傾《かし》げていると、暦が宣言する。

「鉄砲山古墳のすげえとこは、江戸時代の訓練の痕跡が残ってること！」

そういえば、帰れま10の縛りを課しているのだった。

食べなくてもいいし外れはないが、無理にでも古墳の特徴を探さなければならない。

これが残り八個もある——そう考えると、ちかはだんだん不安になってきた。

「うーん」

二人して腕組みをし、二つの古墳を見比べる。

鉄砲山古墳よりさらに南の「奥《おく》の山古《やまこ》墳《ふん》」と「中《なか》の山古《やまこ》墳《ふん》」。木立を挟み二つ並んでいる。

説明板を読んだところ、奥の山古墳は六世紀中頃から後半、中の山古墳は六世紀末から七世紀初頭に造られたと推定されているそうだ。傾向として、南に行くほど若い古墳になっているらしい。隣の浅間塚古墳が一番若いのも納得である。

だが問題は、早くもこれらのこんもりした丘に個性を見出《みいだ》すのが難しくなってきたことだ。

「一応、出土品には特徴があるみたいだよね」

「でもなあ、これだと納得してもらえないよなあ」

誰に判定してもらうつもりなのか、暦は難しい顔をして悩む。

奥の山古墳からは「装飾付子持壺《そうしょくつきこもちつぼ》」なるエイリアンの急須みたいな形をした土器が出土しているらしいし、中の山古墳からは「須恵質埴輪壺《すえしつはにわつぼ》」なる底のない壺《つぼ》のような埴輪《はにわ》が見つかったらしい。どちらも説明板に書いてあった。

「どっちも灰色なんだね、茶色じゃなくてさ」

ちかが指摘すると、暦は頷《うなず》く。

「須恵器だもんな」

「すえき」

「古墳時代に半島の方から技術が入ってきて、登り窯で焼き物を作るようになったんだって。高温で焼くからそれまでの土器より丈夫に仕上がるし、酸素を断つから色が赤くならない」

「え、どこかに書いてあった？」

「ううん、最近教科書で読んだんだよ。お勉強」

「お勉強……えらすぎる……」

「柄じゃないよなー」

ははは、と笑う暦を見て、ちかはいよいよ焦《あせ》り始《はじ》めた。

あの蓮沼暦が、こんなにきちんと勉強をしているなんて！

「お勉強ってあれ？　やっぱり――」

「まあまあ、ともかくこの子たちのすげえとこを考えないとな！」

はぐらかされた。暦はせかせかと歩いて、二つの古墳を見比べる。

「そういやこの古墳、同じ方を向いてるよな。ほら、こっち側が前方後円墳の『方』でさ」

指摘されてちかも気づいた。奥の山古墳と中の山古墳は仲よく同じ向きに並んでいるのだ。

博物館で見た空撮写真ではどの古墳も向きが揃《そろ》っていたのを思い出す。

「北側のも全部そうだったよね。何か意味があるのかな」

「よく聞くのは、夏至とか冬至で太陽が出たり沈んだりする方角だな。青森にある縄文時代のストーンサークルは、冬至の日、近くの山のてっぺんに日が沈むような場所に造られたって考えられてるらしい」

「じゃあこの古墳も？」

「うーん……」

二人して地図を確認してみる。古墳は、少し時計回りに傾いているが、東西というよりは南北方向で揃《そろ》っていた。暦は首をひねる。

「日の出も日の入りもどっちかっていうと東西だから、これは違う気もするな」

「それじゃテキトーに決めたとか」

「こんなに大きなものを造るんだから、なんか意味がありそうなもんだけど……」

説明板をもう一度読んでみたが、それらしいことは書かれていなかった。

「よし！　これは今日の課題！　この古墳の向きにはどんな意味があるのか考えること！」

「ええー……帰れま10もあるのに？」

なんなら豚の腹に入力する四桁の数字も求めなくてはならない。

「いいだろー。こういう余計なことばっかり考えながら歩いた方が楽しいじゃんか」

「そういうことなら付き合うけど」

「さすがすずちん。まずは奥の山古墳と中の山古墳のすげぇとこ探しからだな！」

張り切って議論した挙句、「近くに二つ並んでいて向きが揃《そろ》っているのがわかりやすい」という点が二つまとめての個性ということに決まった。

そんなのありかと思ったが、言えば藪蛇《やぶへび》になりそうなので、ちかは甘受することにした。

南側で残るは、公園外にある浅間塚古墳だけになった。

地図上では近くに見えたのだが、公園内から直接行く道が見つからず、歩いているうちに公園を南北に分ける道路まで出てしまった。

横断歩道を渡ってすぐのところに古墳が見えたので、まずそこから回ってみることにする。

その小さめの古墳は何本かの木に覆われていて、今までに見てきた古墳と比べるとあまり整備されていない印象を受けた。「愛宕山古墳《あたごやまこふん》」だ。説明板によれば崎玉古墳群で最も小さな前方後円墳で、全長五三メートルだという。造られた推定時期は六世紀前半。

「ねえ、お地蔵さんが置いてあるよ。あの木の近く」

ちかは低い古墳の上を指差す。古墳内には立ち入れないので近づけないが、三つの石が並んでいるのが見えた。頂上から静かに二人を見下ろしている。

「ほんとだ。昔は何かあったのかな」

暦が調べてみると、かつては墳頂に愛宕社《あたごしゃ》という小さな神社があったらしいとわかった。

「だから愛宕山神社《あたごやまじんじゃ》なのか。神社の名前が古墳の名前になったんだな。納得」

「なるほど。ということは……」

ぐー、と暦は親指を立ててくる。

「愛宕山古墳のすげえとこは、お地蔵さんが置いてあること！」

五つ目だとさすがに慣れてきて、二人はざっと一周して公園の奥へと向かう。

「ねえハッスー、ちなみにすげえかどうかの判断基準ってどうなってるの？　須恵器はだめでお地蔵さんはＯＫとかさ」

「あー、なんか難しいんだけどさ、自分なりの発見があったかどうかっていうか、後からちゃんと思い出せるかどうかっていうか」

「発見?」

「実際に見つけて『あ、そうなんだ!』って驚きがあると、記憶に残りやすいだろ? 実際、アヒルの埴輪《はにわ》があった瓦塚古墳も、訓練場の跡があった鉄砲塚古墳も、二つ並んだ奥の山古墳と中の山古墳も、それにさっきのお地蔵さんがある愛宕山古墳も、全部思い出せる」

「あ、確かに……」

普通だったら、五つも古墳を見た時点で、どれがどれだかわからなくなっていたはずだ。

「だからこの調子で、残り半分も制覇しちまおうぜ!」

なんだか騙《だま》されたような気分になりながら、意気揚々と進む暦をちかは追いかけた。

公園内を進んでいくと、かなり高さのある古墳が姿を現す。これは円墳で、つまり上から見ると真ん丸な形をしていて、横からはプリンのような形に見える。「丸墓山古墳」だ。

頂上に生える桜の木がちょっとした飾りのホイップクリームに見えるくらい大きく、今までで一番「山」というイメージがあった。その印象をさらに補強するのが、麓からてっぺんまでまっすぐにつけられた階段だ。この古墳は、今までと違って上に登れるようになっている。

古墳まで続く道は周囲より一段高くなっており、まるでキャットウォークのようだ。導かれるようにそこを歩いて古墳へ近づきながら、二人はその大きさに嘆息する。

「これが一番高い山だよね」

「だな。せっかくだから登ってみようぜ」

階段の脇に立つ説明板によれば、六世紀前半ごろ築かれ、直径は一〇五メートル、円墳の中では日本最大級であり、高さも約一九メートルと崎玉古墳群の中で最高だという。

すなわち――最高峰。

それだけ、階段を登るのにも苦労した。なかなかの急登だ。

息を切らして山頂に辿《たど》り着《つ》く。からっと晴れた秋空の下、三六〇度のパノラマを楽しむことができた。ぐるりと見渡して、ちかは古墳群が広大な平野の中にあることを実感する。周りには遮るものが何もない。

「丸墓山古墳のすげえとこは、一番高くて景色がきれいなこと!」

暦が気持ちよさそうに宣言した。

山頂にある説明板によれば、一五九〇年、この頂に石田《いしだ》三成《みつなり》が陣を張ったらしい。その際、忍城《おしじょう》を水攻めするために築いた堤防の跡が今も残っている。二人が歩いてきたキャットウォークがそれに当たるそうだ。

「ここからお城が見えるらしいよ」

説明板では、ご丁寧に写真つきで忍城の位置が記されていた。二人して目を凝らし、景色の中に白い櫓《やぐら》のようなものを見つける。

「なるほど、陣を敷くにはもってこいの場所でござるな」

暦が野太い声で言った。

「誰？」

「三成にござる」

「はあ……」

「憎き家康《いえやす》に勝利した暁には、またモリチカどのとこうして旅がしたいでござるなあ」

「それ絶対負けるフラグじゃん」

そもそもモリチカって誰だよと思いながら、ちかは子豚の貯金箱を取り出した。

「この古墳が一番高いんだよね。ちょっと数字を入れてみるよ」

「お、いいな」

子豚には「最も高き峰」の「頂が左手を解き」と書かれている。曖昧な言い方だが、左側に入れる四桁の数字が必要で、頂を表す数字は高さくらいしかないのだから、とりあえずは高さを入れてみるべきだろう。左のダイヤルを合わせてみる。

丸墓山古墳の高さは一九メートルだ。

0019

子豚の腹を開こうとするが、全く手応えがない。つるつると指が滑ってしまう。ダイヤルを慎重に合わせてみたが、それでも結果は同じだった。

「びくともしないな……」

「じゃあ標高にしてみるのはどうだ？　地図で調べればわかるはず」

暦に言われて、ちかはスマホを取り出した。ゆいに教わった国土地理院地図を開くと、丸墓山古墳の山頂には三角形の中に点が描かれた記号とともに「35・7」と表示されている。

「ねえハッスー、この三角って山頂って意味？」

「ん？　ああ、それは多分三角点だな」

「ほう、さんかくてん」

「……測量の基準に使う点のことでござるよ」

「山頂じゃないの？」

「三角点には見晴らしのいい場所が選ばれることも多いから、そこが山頂だと思っても間違いじゃないと思うぜ。隣の数字は標高だろうな。三五・七メートル」

「じゃあ！」

ちかは続いて、「0357」と入力してみた。

――不発。

「どうせ四桁なら、小数第二位まで入れてみるべきかな」

「お、それ、三角点なら調べられるかも」

暦が自分のスマホで国土地理院のホームページを開き、「位置の基準・測量情報」から「三角点」へと進む。そこには「基準点成果等閲覧サービス」へのリンクが貼られていた。リンクをクリックしてさらに基準点検索へと進み、行田市の崎玉古墳群の位置を表示する。

「あった！」

ドヤ顔でちかに見せてきた画面には、青色の三角形の中に「Ⅱ」と表示された二等三角点のマークが表示されていた。選択して詳細情報を表示すると——

標高（m）　35・65

まさに四桁の標高が、そこにはばっちりと記されていた。

「ハッスーナイス！」

ちかはダイヤルを「3565」に合わせて、今度こそ、と思って力をかけた。

「…………」

「…………？」

「だめでござった」

「そっかあ。なんか間違えてるのかな？」

「左右二つとも数字が合ってないと、確かめられないのかも」

まだ焦《あせ》るときではない。二人は先へ進むことにした。

丸墓山古墳の隣にどっしりと横たわるのは、大きな「稲荷山古墳」。金錯銘鉄剣をはじめとした国宝が出土した前方後円墳だ。全長一二〇メートル。崎玉古墳群の中では最も古い五世紀後半の建造だと推定されている。

こちらも登れるようになっていたので、二人は北側——後円部側から階段を上がった。

墳頂はコンクリートで舗装されていて、発掘された埋葬施設の状態が地面にイラストで再現されている。前方部に足を向けて遺体が埋葬され、その周囲に剣や装飾品などの副葬品があったと考えられているそうだ。

「この古墳から、あの文字の書かれた剣が出てきたんだね。これはもう……」

「うむ。すげえ判定してよさそうだな」

日本最古の歴史書より二〇〇年以上古い記録が出てきたのだ。相当ヤバい古墳である。よって稲荷山古墳の個性は「かなりヤバい剣が出てきた」という点に決定した。

古墳の上には後円部から前方部へと道が続いている。あちらに進めばいいのだろうかと南の前方部に目を遣《や》って、地平線まで視線を上げたとき、ちかはふと気づく。

「あ、富士山《ふじさん》」

「どれ？」

ちかは前方部の延長線上を指差す。茂る木立の向こう側に、山頂付近に白く雪を被《かぶ》った富士山がちらりと顔を覗《のぞ》かせている。雲を纏《まと》いながら青空の中で明るく輝いていた。

「おお、あれか。埼玉からでも見えるんだな」

「てことは……もしかするとだけど、課題、解けたかもしれない」

「課題って、暗号のこと？」

「ううん、ほら、ハッスーが言ってた古墳の向きのことだけどさ……」

言っているうちに自信がなくなったちかは、ゆいを思い出してスマホを取り出した。さっき使った国土地理院地図がブラウザ上に残っている。

「何してんの？」

「ちょっとね、地図でも確かめたくて」

今いるのは稲荷山古墳の後円部。地形図を拡大していくと鍵穴型の等高線が見えた。オプションの中に直線を作図できる機能があったので、鍵穴の円の部分を始点に選び、次に地図を縮小して富士山の山頂を終点に選ぶ。再び古墳の辺りを拡大していくと――

「うわ！　やっぱり、ぴったりだ！」

ゆいに国土地理院地図の使い方を教わっていてよかった、と心から思った。

「この線、何？」

「ここから富士山を見る方角。ちょうどこの向きで、古墳が揃《そろ》ってない？」

◎富士山の方角

▼広域

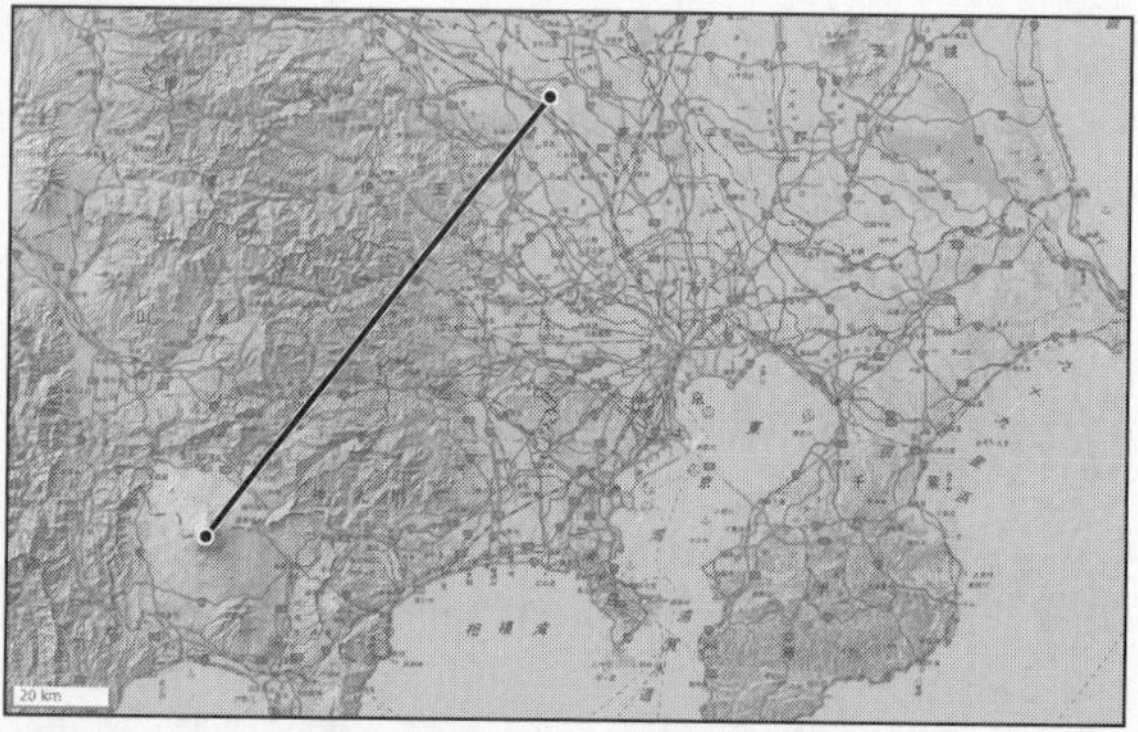

▼詳細

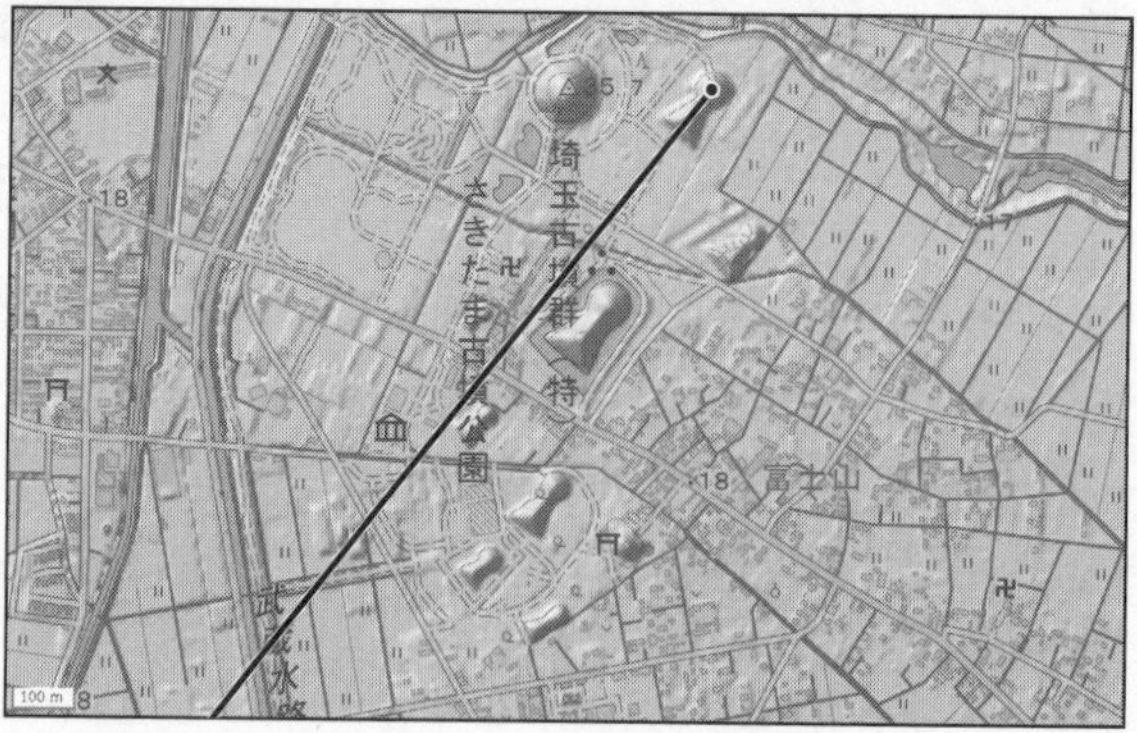

※地理院タイル（標準地図）を加工して作成。

「お！　ほんとだ！」

　多少の誤差はあれど、前方後円墳の軸はちかが引いた直線と平行になっているのだった。

　暦は足元に横たわる埋葬施設の復元図に目を落とす。

「富士山は死者が行く場所だって言うもんな。昔は噴煙も上がってただろうし……この埋葬も富士山側に足を向けて、あっちに船出していくようなイメージだったのかな」

　素人考《しろうとかんが》えで、本当かどうかはわからないが、ちかはなんとなく納得してしまった。

「一〇個の中では、稲荷山古墳が一番古いんだっけ。他の古墳は、富士山に方角を合わせた稲荷山古墳に合わせて造ったのかもね」

「ちょっとずれてる古墳があるのはそういうことかなあ」

　二人であれこれと妄想を広げるのは楽しかった。

　答えはきっと誰も知らない。


　富士山に向かって古墳の上を歩き、二人が次に向かったのは、稲荷山古墳のすぐ南に位置する「将軍山古墳《しょうぐんやまこふん》」だ。全長九〇メートルで、建造は六世紀後半と推定されている。鋸山《のこぎりやま》で有名な千葉県南部の富津《ふっつ》で採れる岩が石室に使われており、東京湾や利根川《とねがわ》・荒川水系《あらかわすいけい》を利用した舟運が古墳時代にも存在していたことを物語っているという。

　将軍山古墳には展示館が併設されているらしいので、そこを目指してみる。案内に従って公園内からいったん車道に出て歩くと、道路沿いで草に覆われた土がこんもりと盛り上がっているのが見えてくる。古墳に追いやられるようにして道路がぐにゃりと湾曲していた。それは街中ではまず見ない光景だった。日常に古墳が食い込んでいる。

古墳に沿って曲がった狭い道路を歩きながら、暦が言う。

「こういうの見ると、なんか嬉《うれ》しくなるよなー」

「こういうの、って？」

「現代人が歴史に道を譲ってるっていうか、道が譲ってるっていうかさ」

ちかにもその気持ちはわかる気がする。

「私も道路が石とか木を避けてると嬉《うれ》しくなるかも。自然を大切にしてる感じがして」

「そうそう！　運転する人は大変だろうけどな」

道の先に「**将軍山古墳展示館**」の入口があった。なんと古墳の後円部がコンクリートの建物になっていて、その中で出土品などを展示しているようだ。失われていた後円部を復元する際に、そこを思い切って展示館にしたのだという。古墳時代の建造物と現代の建築が融合した、どこかSFチックな見た目だった。

博物館のチケットがあれば無料で入れるらしい。二人はありがたく中に入る。

古墳と一体化して造られただけあって、館内はおかしな形に曲がっており、少しだけ窮屈に感じられた。古墳の断面をはぎ取ってきた土層やら埋葬時の様子を再現した石室やらがあり、本当に古墳の中へと潜り込んだかのような気分だ。

「うおー、なんか秘密基地みたいな感じ。子供たち喜びそうだなあ」

「子供って……小学校の？」

「うん。歴史に興味ない子でもさ、こういう変な場所とか好きそうじゃん」

暦は小学校の教員を目指している。教育実習で小学生たちと触れ合い、彼らの底なしの体力と無邪気な好奇心にたくさんのことを学ばせていただいたそうだ。

そこまで思い出して、ちかはぽんと手を打つ。

「ああ、それでか！」

ようやく納得がいったのだ。首を傾《かし》げる暦に指摘する。

「帰れま10の基準でさ、納得してもらえるかどうか気にしたり、記憶に残りやすい方法を考えたりしてたけど……あれって小学生に教えるときのことを意識してたんじゃない？」

「あー、バレちゃった？」

暦はちろりと舌先を出した。

「自分がそうだったんだけどさ、社会科って興味がもてないと全然勉強する気にならないじゃん？　暗記が多いし、理科と違って実験とかもないし」

「うんわかる、それはすごくわかる」

しみじみと言うちかに、暦は肩をすくめる。

「小学生なんて特に大変なわけよ。やんちゃだし、集中できないと遊び始めちゃう子もいるしな。だから、もし自分が生徒をこの古墳に連れてきたらどうやって引率するかなあ、なんて、すずちんに付き合ってもらいながら考えてたわけ」

「うわ、ハッスーのくせに偉すぎる……」

と感心してから気づく。

「でも蓮沼先生、それって私を小学生さんに見立ててたってことになりませんかねえ？」

「あは！」

「誰が小学生レベルじゃい！」

「ごめんて！　ほんと！　そういう意味じゃないからっ！」

片目を閉じて謝りながらちかをなだめる暦。

「まあまあ、いいこと教えてあげるから許してって」

「いいこと？」

「そ。最近さ、一つすげーことがわかったんだよ」

まるで秘密でも話すかのように暦は声を落とした。どうせたいしたことない話だろうと思いながらも、ちかは先を促す。

「なら聞こうか」

「あのさ、なんて言えばいいのかな……どうすれば子供たちに憶《おぼ》えてもらえるかなって考えるようになってから、自分の記憶の効率も段違いに上がったんだ」

「ん……？　どういうこと？」

「多分だけど、勉強っていうのは、目的のあるなしで効率が全然違うんだよな。子供たちの顔を思い浮かべながら、あいつらどんなとこに興味もつんだろ、って探す気持ちで教科書を読んでると、小難しい内容がおそうめんみたいにするする入ってくるわけ」

比喩の妥当性はさておき、予想外に何かいいことを聞いた気がしてくる。

「実際に見て驚きがあると記憶に残りやすいって言ってたのも、もしかして関係ある？」

「そうそう。多分同じことでさ、自分に関係のある話だと思うと、人間の脳みそは知識を受け入れる態勢に変形するんじゃないかな。生徒に憶《おぼ》えてもらう方法を考えてたら、いつの間にか自分が憶《おぼ》える方法までわかっちゃった的な感じよ」

「なるほどねえ、どうりで」

「どうりで？」

「ハッスー、古事記のこととか、三角点とか、やけに詳しくなってたから」

「だろだろー？　コツを摑《つか》むとすげえ捗《はかど》ってくるんだよな。あんなに嫌だった勉強も」

得意げに笑う暦を見て、ちかは内心焦《あせ》りを感じてくる。

「やっぱ私も勉強しなきゃだめかな、特に社会……」

歴史を愛する後輩と教員を目指す親友、二人が遠くへ行ってしまう情景が目に浮かぶ。

「うーん、しなきゃだめってことはないと思うけど、したら楽しいかもな」

「楽しいかな……？」

古墳から剝ぎ取った地層を展示する壁の前で立ち止まる。色の違う土が縞々《しましま》に並んでいた。よく見ると人が土を運んできて積んだ跡がわかる。ただ見上げるだけだと単なる土壁にしか見えない展示を見上げながら、暦は言う。

「すずちんなら絶対楽しめるって。旅って、地理とか歴史とかそういうことを身近に感じる第一歩だと思うから」

「確かに……」

自分の旅を思い返すちかに、暦がウインクする。

「わからないところがあったら、蓮沼先生が社会科を教えてあげるしな！」

「うわ、なんか自分で勉強しなきゃいけない気がしてきた」

展示館を出ると昼の陽光が二人を照らした。眩《まぶ》しさに揃《そろ》って目を細める。

将軍山古墳の個性には、「中に建物があってすごい」という素朴な感想が選ばれた。

一〇の古墳を巡る散歩も、残るは二つとなった。

「でけー」

「面積でいったら今までで一番でっかいかもね」

将軍山古墳の南にある「二子山古墳《ふたごやまこふん》」は、六世紀初めごろに造られた武蔵国最大の前方後円墳で、全長は一三二メートルにもなる。それは人の手による建造物というより元からそこにあった地形のように感じられ、前方部と後円部がそれぞれちょっとした山にも見えた。きっと、だから「双子の山」という名前になったのだろう。

二子山古墳は空堀と植木にぐるりと囲まれている。およそ一〇年前までこの堀は水を溜《た》めていたそうだが、土壌分析の結果、古墳時代には水が溜まっていなかったらしいということがわかり、埋め立てられた経緯があるという。研究結果に左右される公園整備も大変だ。

すでに昼時だった。すぐ近くに「さんぽ道」という食堂があったので、最後の古墳を訪れる前にそこで昼ご飯を食べることにした。

空腹もあってか二子山古墳については「かなりでかい」というざっくりとした点がすげえポイントに指定されそうになっていたが、窓際《まどぎわ》の席に案内されてそれは覆《くつがえ》された。

窓から二子山古墳がよく見える。

「すごい景色。古墳が近い！」

「いいなあ。古墳を眺めつつランチってなんつーかすごくコーフ……」

「ん？」

「すごく風流だよな！」

少し圧をかけると、暦はすぐに天井を撤回した。ちかは笑う。

「なかなかないんじゃない？　こんなでっかい古墳を見ながらお昼が食べられるなんて」

「あ、それいいな！」

こうして二子山古墳は「お店の窓から見えて興奮する」点がすげえということになった。

「さあて、何食べようかな」

暦がメニューをずらし、二人で読めるようにする。そこで動きが止まった。

ゼリーフライなる聞いたこともない品があったのだ。

「どういう意味なんだろう。まさかゼリーを揚げたわけじゃないよね」

「あたしこれ頼んでみようかな」

うどんか蕎麦《そば》に天ぷらや小鉢とゼリーフライがついた贅沢《ぜいたく》なセットがあった。せっかくなので二人してそれを注文する。

そうして運ばれてきたお盆には、謎の物体の載った小皿が置かれていた。

「おお、これがゼリーフライか……」

見た目はさつま揚げや揚げ餅に近く、小判形で醬油《しょうゆ》系《けい》のたれが塗られている。ゼリーと聞いて透明のプルプルに衣がついているものまで覚悟していたちかにとっては、いたってまともな印象だった。むしろ、とてもおいしそうだ。

二人ともまずゼリーフライに手をつける。柔らかく、箸で簡単に切ることができた。口に入れると、ほくっとした柔らかな食感とともに甘くしょっぱいソースの味が広がっていく。衣のないコロッケにたっぷりたれをつけたような感じだ。

「形が小判っぽいから『銭フライ』だったのが、訛《なま》って『ゼリーフライ』になったらしい」

気になった暦が調べて教えてくれた。

ゼリーフライは、おからとじゃがいもで作ったタネを揚げてからソースにくぐらせて作る、行田市の名物おやつだという。塩あんびんといい変わった食べ物がたくさんある地域だな、とちかは思った。

もぐもぐとランチを食べ進めながら、暦がふと、ちかに訊《き》いてくる。

「ところでさ、そもそも今日の暗号って、なんのために解いてるんだっけ」

そういえばあまり詳しいことは説明していなかったかもしれない。

「かくかくしかじかこういうことでさ」

「ほうほう」

ちかがざっくり説明すると、暦が首を傾《かし》げる。

「でもどうしてすずちんに依頼が来たんだ？　知り合い？」

「そこなんだよね。出題者に全然心当たりがなくてさ。なんか電撃文庫っていうとこの作家さんらしいんだけど……」

「ああ、ちょっと聞いたことあるかも。よくアニメになってるよな」

「そうなんだ」

「結構有名なとこなんじゃね？　いろんな場所で名前見るぜ」

ちかがテーブルの上に置いていた子豚の貯金箱を見て、暦は付け加える。

「そういや最近、なんか変なタイトルの小説の話を聞いた気もするな」

「変……？」

「そう、これこれ」

暦がスマホに表示して見せてきたのは小説の書影だった。美少女が大きく描かれているからおそらくライトノベルなのだろう。確かに小説にしてはおかしなタイトルだ。

そして偶然だろうか、そこには気になる一文字があった。手掛かりとして与えられたアイテムを見て、ちかはもしやと思う。

確認してみると、著者は「S」から始まる名前だった。

「……この人かも。私がもらった手紙にさ、『出題者S』って書いてあったんだよね」

「知ってる小説？」

「全然。でもこれ、変な設定だけど、一応、なんか旅する話みたいだよね。私の担当の吉本《よしもと》さんが、出題者は旅の出てくる作品を書いてるって言ってたはず」

「お、じゃあこの人なのかもな」

結局確証はもてなかったが、ちかは一歩だけ真相に近づいた気がした。

昼食を終えて満たされた腹をさすりながら、二人は最後の古墳を訪れた。

名前は「浅間塚古墳」。公園を南北に割る道路を少し東へ歩いたところに入口がある。食堂からはすぐ近くだった。

実際に来て、ちかは暗号文の言わんとしていることをすぐに理解した。

石門の護《まも》る最も若き山が拝すは最も高き峰
その頂が左手を解き門の由緒《ゆいしょ》が右手を開く

古墳は現在、神社として整備されていて、道路沿いに古びた石の鳥居が立っているのだ。

「おっ、見つけたな、石門！」

「石門の護《まも》る最も若き山――これで間違いないね」

いよいよ答えに近づいてきたようだ。

鳥居の隣には大きな四角い石柱があり、神社の名前が刻まれている。

前玉神社

朝に見た埼玉県名の由来で登場した神社の名前だった。この場所が埼玉という地名の始まりの場所なのだ。なんとなく、ここに来て正解なのだろうという予感がする。

「古墳が神社になってるんだね。これは判定いかがですか蓮沼先生」

ちかが訊《たず》ねると、暦は両手で大きく丸をつくる。

「いんじゃね？　これだけは他と間違えようがないもんな。浅間塚古墳のすげえとこは、神社になってるところ！　帰れま10、これでクリア！」

「よかった、やっと帰れる……」

当然そうはいかない。まだ謎を解き、子豚の腹を開かなければならないのだ。

ちかは改めて石鳥居と向かい合い、「門の由緒《ゆいしょ》が右手を開く」の部分に注目した。

鳥居の柱には何やら文字が刻まれていたが、古くて黒ずんでいるためはっきりと読むことはできない。しかし、隣の掲示に説明が書かれていた。

市指定文化財　建造物

前玉神社の大鳥居

続く解説を読んで、ちかは思わず息を呑《の》む。

この鳥居は、延宝四年（一六七六）十一月に忍城主《おしじょうしゅ》阿部《あべ》正能《まさよし》家臣《かしん》と忍領氏子達によって建《こん》

立《りゅう》されたものである。

鳥居は明神系の形式で、正面左側の柱に由来を示す銘文が刻まれており、江戸時代における浅間神社の隆盛を伝える貴重な建造物である。


「これだ！」

子豚を取り出す。腹の下には四桁の数字を入れるダイヤルが二つ。暦が覗《のぞ》いてくる。

「門の由緒《ゆいしょ》が右手を開く、だっけか？」

「そうそう！　この鳥居が建てられたのは一六七六年だから……」

左右に並んだダイヤルの、右側の数字を合わせていく。

1676

少しだけ力をかけてみると、わずかに手応えがあった。左側のダイヤルは開錠されていないが、右側は確かに開いたようだ。

「合ってるっぽい！」

「おお！」

と二人で盛り上がってから、暦が気づく。

「でもさ、それじゃあやっぱり、丸墓山古墳で入れた数字は間違ってたってことなのかな」

一〇の古墳の中で最も高い丸墓山古墳では、左側のダイヤルにその高さや標高を入力してみた。だが今回と違って、全く手応えがなかったのだ。

念のため、その数字を再び左側で合わせてみる。0019、0357、3565。だめだ。右側は少し開くのに、左側はびくともしない。

ちかは子豚の側面をもう一度読む。

「石門の護《まも》る最も若き山が拝すは最も高き峰……ってことは、もしかするとこの浅間塚古墳を調べてみるとわかるのかもしれないね」

「よっし！　行ってみようぜ！」

気持ちを切り替え、二人は鳥居をくぐってまっすぐな参道を進み、神社の中へと入った。

境内はちょっとした広場のようになっていた。正面に木々の茂る小さな山がある。これが古墳だろう。斜面は石垣やコンクリートで舗装され、上に登る石段があった。

山の手前に説明板が設置されていたので、読んでみる。

浅間塚古墳は、崎玉古墳群の南東部に位置する墳径約50m、高さ8・7mの円墳です。古墳の墳頂に前玉神社、中腹に名前の由来となった浅間神社がまつられています。

　その他、七世紀前半に築かれたと考えられていることが記されていた。一〇の古墳の中では最も若いと言えるはずだ。鳥居の造られた西暦で鍵の片方が開いたことからも、ここが「石門の護《まも》る最も若き山」であることはほぼ間違いない。

「登ってみる？」

「もちろん！」

　石段を上がってすぐ右手に浅間神社のお社があった。なぜ浅間神社だとわかったのかといえば、「浅間神社」と書かれた提灯《ちょうちん》がご丁寧にぶら下がっていたからだ。「木花咲耶《このはなさくや》姫命《ひめのみこと》」と書かれたのぼりが左右に立っている。

「古墳を神社にしたからか、なんか不思議な雰囲気だなあ」

「こんなちっちゃい山ってあんまり見かけないよね」

　幼い子供が描いた絵のように、地面から小さくぽっこりと盛り上がった山だ。そこを木々が覆い、神秘的な日陰の中に社が二つ建てられている。石碑がたくさん置かれているのも、よりいっそう雰囲気を際立《きわだ》たせていた。

「登山紀念碑だって。こんなちっちゃい山なのにな」

「この古墳に登山して、何か意味があったのかな」

「ううん、他の山に登った記念か？」

「さあ……」

浅間神社と反対方向、左手側に道が延びていて、そこからさらに上へと行けるようになっていた。古めかしい石灯籠《いしどうろう》の間を抜けて急な石段を一気に登ると、塚の山頂にある前玉神社のお社に到着する。

「あれ」

暦が思わずといった感じで声を漏らした。ちかにもその理由はわかった。

「何も見えないね……」

山頂は木々に覆われて、とても周囲を見渡せる感じではなかった。「最も若き山が拝すは最も高き峰」と書かれていたくらいだから一番高い丸墓山古墳が見えるものと思っていたのに、期待が外れてしまった。

気を取り直して前玉神社にお参りをする。

今日の謎が無事解けますように、とちかは心の底から願った。

昼下がりのさきたま古墳公園ではヒヨドリが囀《さえず》り、のどかな空気が漂う。

最後の最後で行き詰まってしまった。どうすればいいかわからなくなった二人は、何かその頂に隠されていないかと、再び丸墓山古墳まで戻ってみることにした。

道路を渡って公園の北側へ行き、プリンのようなシルエットの円墳に再度登る。

改めて探索開始。手掛かりを逃すまいと見て回る。

「ん？　これ、もしかすると……」

ちかは山頂に設置された説明板を暦に見せた。


天正十八年（１５９０）、豊臣秀吉《とよとみひでよし》の命を受けた石田三成は、総延長28㎞（一説には14㎞）の石田堤を築き、忍城を水攻めしました。


「ほほう、これも四桁の数字でござったな、モリチカどの！」

「これで開くかも！」

ちかは子豚を取り出して、左側のダイヤルに「１５９０」と入力した。

開かない。

「うわあ、だめかー」

「いけると思ったんだけどな」

他に探しても、それらしい四桁の数字は見当たらなかった。

いったい「最も高き峰」の「頂」を表す数字とはなんなのだろう。どうやら何かが致命的に間違っているような気がしてくる。

悩んでいるちかの肩を、暦がぽんと叩《たた》いてくる。

「なあすずちん、一ついいアイデアがあるんだけどさ……」

「え、何？」

「まあいいからついてきなって！」

問答無用で、暦はるんるんと古墳を下りていく。ちかもついていった。

行田・湯本天然温泉　茂美《もみ》の湯《ゆ》

公園を出て横断歩道を渡り、辿《たど》り着《つ》いたのは温泉だった。

実を言うと、ちかも少し気になっていたのだ。さきたま古墳公園のすぐ隣にある温泉施設。道路沿いに「源泉かけ流し」と書かれた小屋が建っており、その中で熱そうな温泉がじゃぶじゃぶと流れている。旅先で温泉に入ることを人生の楽しみの一つとしているちかにとって、それは絶対に見逃せないものだった。

「ほら、悩んだら温泉っしょ！」

異論はなかった。古墳を登ったり下ったりしながら公園を歩き回っていたので、脚の筋肉にも少しだけ疲れが溜《た》まってきたところだ。

これが正解だった。

圧巻だったのは、庭園のように広い露天風呂《ろてんぶろ》だ。最も大きな浴槽はちょっとしたプールのように広く、深さもあった。浴槽や場所によって温度が違うので、広い浴槽のぬるめの場所でしばらくゆっくりと気持ちを解放する。

　お湯はうっすら茶色みを帯びた透明。ミネラル感のある、少し硬いツルツルした手触りだ。多くの浴槽が源泉かけ流し、循環濾過《じゅんかんろか》をしない贅沢《ぜいたく》なシステムだった。

「もう謎にこだわらなくてもいい気がしてきた……」

「だなあ……」

「人生は人とお湯だけでいいよね……」

「なあ……」

　二人して露天風呂《ろてんぶろ》に溶けながら、涅槃《ねはん》の境地に達しようとしていた。温泉のほどよい温《ぬく》もりに包まれていると、何十分でも入っていられそうだ。

　秋の日がゆっくりと傾いていくのを感じながら、ちかはさすがに本分を思い出してくる。

「で、私たち、謎を解けばいいんだっけ……」

「そうだったなあ……」

「えっと、まだ左側のダイヤルに入れる四桁の数字がわからなくて」

　ちかが言葉にしてみると、暦がそれに続く。

「その鍵は『最も高き峰』の『頂』って書かれてて」

「『最も若き山』、つまり浅間塚古墳がそれを拝している、っていうのがヒントだけど」

「崎玉古墳群で一番高い丸墓山古墳は浅間塚古墳から見えないし、丸墓山古墳に関係する数字じゃ鍵は開かないっぽい……」

うーん、と二人して声を漏らす。その半分はもしかすると、温泉に浸っていることによって出る溜息《ためいき》かもしれなかった。

「つまり、浅間塚古墳が拝する最も高き峰っていうのが、他にあるってことだよね？」

ちかがそう言ったとき、すぐ近くからじゃぶんと水音がした。

「あ、あ、あの……」

眼鏡をかけた黒髪の少女が、顎のあたりまでお湯に浸《つ》かって、ぼそぼそとした低い声で二人に声を掛けてきた。眼鏡が湯気で真っ白に曇っていて、少しというか結構不審だった。

ちかは突然話し掛けられて驚いたが、少女に見覚えがあり、訊《き》いてみる。

「もしかすると、今朝、博物館で剣を見てた？」

「そうです……私も今日、古墳、巡っていて………」

ちかと暦が気の抜けたやりとりをして、うっかり笑わせてしまった少女だ。

「あのときはごめんね、集中して見てたのに、邪魔しちゃって」

「いえ、全然……」

少し躊躇《ちゅうちょ》するようなそぶりを見せてから、少女は口を小さく開く。

「えっと、お二人、浅間塚古墳のお話、されてました……？」

「ちょうどしてたけど……」

暦が答えると、少女は息継ぎも忘れたような勢いでしゃべり始める。

「あれとても面白いですよね、古墳が神社になって埼玉っていう地名の由来になるなんて……一説には前玉って『前の時代の魂』って意味だとも言われていて、古代の魂を祀《まつ》った塚に建てた神社だからそういう名前になったんじゃないかって……つまり埼玉県は古い魂の県って意味になるとも言えて、県名からしてもうロマンが溢《あふ》れるというか……」

しゃべりすぎてしまったと悟ったのか、少女は急にしゅんと口を閉じた。

「ごめんなさい、勝手にぺらぺらと……」

「ううん、全然いいよ！　前玉の由来なんて全然知らなかったし」

ちかはむしろ、可愛《かわい》い後輩のことを思い出して微笑《ほほえ》ましい気持ちになっていた。

ふと、ゆいと一緒に代田橋で出会った金髪の少女のことを思い出す。あのときは偶然出会った少女の言葉がヒントになった。今回も、訊《き》いてみる価値はあるかもしれない。

「ちなみにさ、『浅間塚古墳が拝する峰』って聞いて、何か思い当たったりする？」

「拝する峰ですか……？」

少女は曇ったレンズの向こうでどうやら難しい顔になったようだ。

「ごめんね、知らないなら全然いいんだけど」

「前玉神社の方は先程言ったように古い神様を祀《まつ》っているんですけれど、江戸時代に忍城から勧請《かんじょう》された浅間神社の方は、他の浅間神社と同じく山岳信仰に紐《ひも》づいていて……拝するっていうのが礼拝という意味で使われているなら、もしかするとそのあたり関係があるのかも……しれない……ですね……？」

自信なさげでなんだか奥歯にものが挟まったような言い方だったが、ちかはその話を聞いた途端、思わずざぶんと立ち上がっていた。

「ひらめいた！」

ちかは急いで少女に礼を言うと、アルキメデスのごとく慌てて風呂《ふろ》から上がった。

暦がちかの後ろをついてくる。

「どうしたんだよう」

「上がろう！　早く試してみたい！」

ばたばたと身だしなみを整え、脱衣所を出て、休憩所で二人して横並びに座る。

リュックから子豚を取り出しながら、ちかは言う。

「『最も若き山が拝すは最も高き峰』――この峰、古墳のことじゃなかったんだよ！」

「古墳じゃない？　じゃあ『最も高き』って――」

最上級の表現には範囲指定が必要だ。暦もはっと息を呑《の》んで手を打つ。

「そっか、崎玉古墳群じゃなくて、日之本で一番ってこと？」

「そういうこと！」

ちかはスマホのスクショを表示する。稲荷山古墳がちょうど富士山の方角を向いていることを示した地図に、前玉神社も含まれていた。

鳥居から延びる参道が、まさしく富士山の方を向いている。

神社付近にはなんと大きく「富士山」という地区名まで書かれていた。

「浅間神社が信仰する山ってさ、富士山なんじゃない？」

「調べよう！」

スマホで検索するとすぐに結果が出た。浅間神社は、富士山をご神体とした浅間信仰から始まったものらしい。江戸時代には富士山に見立てた塚が各地に造られたという。もともとあった古墳をそのまま利用する例もあったそうだ。

「なるほどなあ、どうりで登山記念の石碑があったわけだよ」

撮影していた石碑の写真を二人で確認して、すっかり見逃していたことに気づく。「登山紀念碑」という文字の上に、まさしく富士山を象《かたど》ったような線画が描かれている。これは富士山に登った記録だろう。

古墳時代に築かれた円墳が、奈良時代には前玉神社として信仰の場になり、さらに江戸時代には富士山に見立てられて浅間信仰の拠点ともなっていったのだ。

富士山を礼拝する聖域。最も高き峰を拝する場所。

つまり、子豚のロックの左側を開く鍵は、富士山の頂を示す四桁の数字ということだ。

「ハッスー、富士山って標高いくつだっけ？」

「えーと、確か、富士山麓《ふじさんろく》オウム鳴くで……2236？」

「ありがと！」

一桁目に「2」を入れて、ちかは手を止める。そんなに低いはずがない。

「それはルート5じゃなかったっけ」

「そうだった。なんだっけな、三千……」

結局検索したところ、三七七六メートルということだった。みななろう《3776》である。

3776

今度こそという思いで左側のダイヤルを合わせた。

右側が前玉神社の石鳥居の由緒《ゆいしよ》である【1676】になっているのを確認してから、ちかは子豚の腹にゆっくりと力を加える。

ぱかり——正解だ！

外側の豚と同じく見事に開いた子豚の中から、くしゃくしゃのビニール袋に包まれた白いものが転がり落ちた。どうやら折り畳まれた紙のように見える。

袋を開けて紙を取り出し、興奮気味に開いていく。

「これで暗号も最後かな。もう開ける鍵もないみたいだし」

あと一回開けば中身が見えるというところで、ちかは手を止めた。暦は肩をすくめる。

「まあさすがにそうじゃないか？　見てみようぜ！」

「いくよ？　……せーのっ」

紙を開いて覗《のぞ》き込《こ》み、そして、二人は絶句した。

目で字を追っていくうちに、どんどん表情が険しくなっていく。

それは、これまでの短文とは比べものにならないくらい、長くて意味不明な文章だった。


帰りにはまた産業道路バス停まで歩き、そこからバスで吹上駅へ戻った。

待ち時間があったので、近くの和菓子屋「秩父《ちちぶ》家《や》本店《ほんてん》」で「いがまんじゅう」なるものを買う。今度こそきちんと甘かったが、粒餡《つぶあん》を覆うふわふわした小麦の皮のさらに外側に赤飯がまぶされた、謎の二重構造を有する特殊な饅頭《まんじゅう》だった。

「これはこれで……変わってるけど結構うまいな」

「もち米だから食べ応えがあるね」

駅のホームのベンチに座り、電車を待ちながら二人で完食してしまった。

この地域には、おかしな料理が多いらしい。

帰りの電車に二人並んで座る。古墳を巡って歩き回ったうえに温泉にまで浸《つ》かってしまったからか、ちかも暦も帰りはうつらうつらとしていた。

車窓から、建物の隙間を通って沈みゆく夕日が差し込んでくる。ぼんやりと目を開いてそれを見ているうちに、ちかは地平線の方に小さな三角形の影を見つけた。思わず声に出す。

「あ、富士山だ」

「んー？」

暦が寝ぼけ眼をしょぼしょぼとさせている間に、その小さな姿は見えなくなった。

「なんか言った？」

「ううん、なんにも」

「えー、富士山がどうたらって言ってただろー」

「聞いてたんかい」

そんなやりとりをしているうちに、またビルの隙間から一瞬その姿が覗《のぞ》いた。注意して見なければわからないが、流れていく手前の街のシルエットに対して、じっと動かず南西の方角に居座っている。今のように建物がなければきっとよく見えただろう。

車窓に目を凝らして、暦はようやく見つけたらしい。満足げに微笑《ほほえ》む。

「昔から、ずっとあの場所にあったんだなあ」

そりゃそうでしょ、と言いかけて、ちかは口を噤《つぐ》んだ。

当たり前のことのはずなのに、今はその事実に心を動かされている自分がいる。

一五〇〇年前の古墳時代も、四〇〇〇年前の江戸時代も、そしてこの令和の時代にも、富士山はずっとそこにあり、人々はそれを眺めてきたのだ。

「そうだね」

隣の暦に反応しながら、ちかは不思議な気分になってくる。

なぜだろう、体のどこかに、何千年も変わらない気持ちが眠っているような気がした。

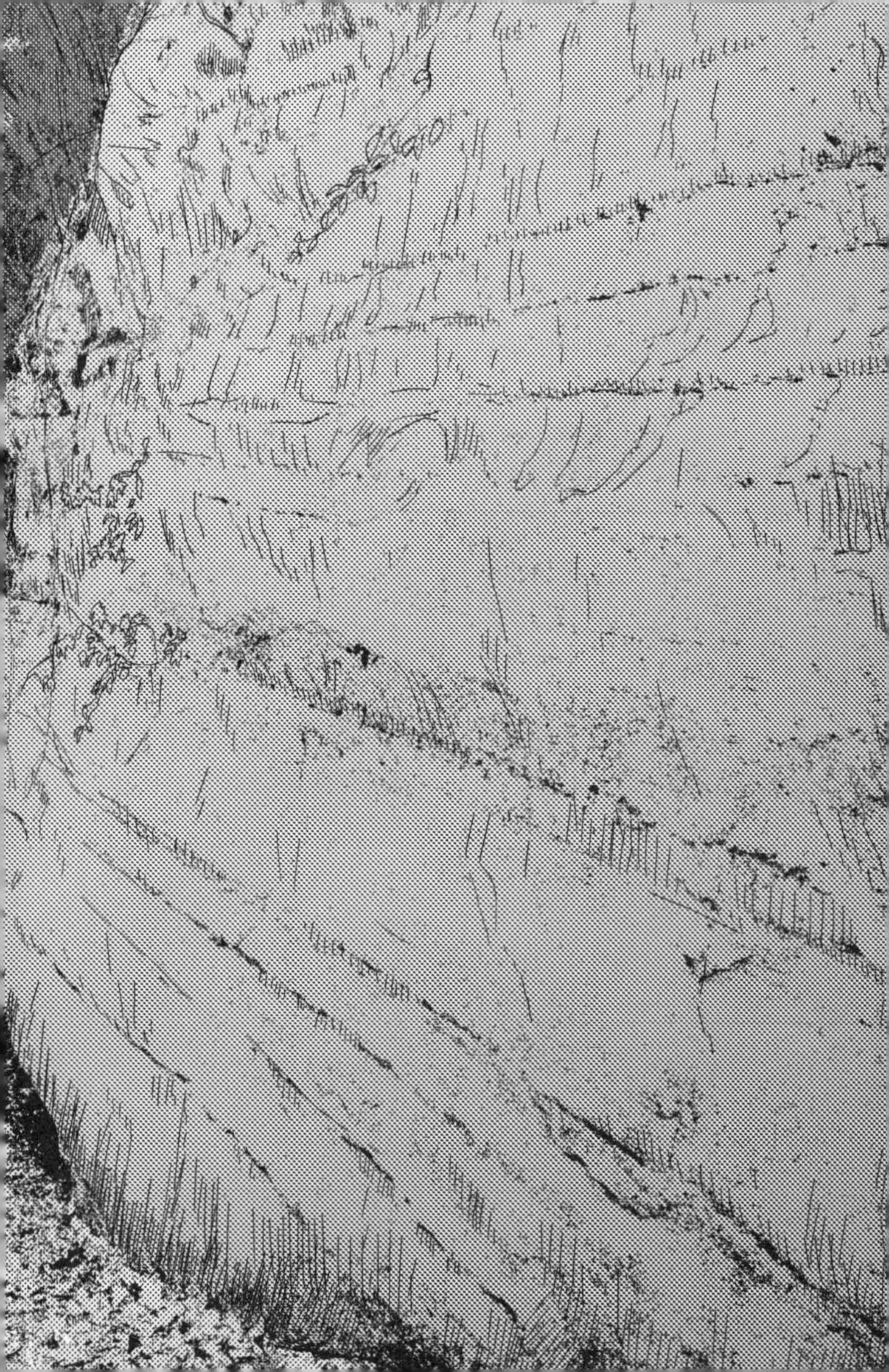

第三章☀屍の怪獣を討伐せよ

第三章　屍の怪獣を討伐せよ

「すごいよね～、今ちーちゃんってこんなお仕事もやってるんだ」

「あ、えっと、厳密には仕事っていうか……吉本《よしもと》さんから投げられた課題っていうか……」

憧れの連載作家に「すごい」と褒められ、ちかは微妙な気持ちになってしまった。

新宿駅《しんじゆくえき》から湘南新宿《しょうなんしんじゆく》ラインに乗り、今度は北ではなく南へ。

ちかは先輩漫画家の糀谷《こうじや》冬音《ふゆね》と横並びの席に座り、次なる目的地へと向かっていた。

「怪獣の討伐、だっけ」

「はい。紙にはそう書いてあったんですけど……本当にやることは全然わからないです」

ちかは溜息《ためいき》をついて、子豚の中から出てきたA４の紙をもう一度開く。


巨大怪獣カヴァネラを見つけ出し、手順に従って討伐せよ。


冒頭にはそんな文字列が躍っている。ちかが持つのは「指令書」と題された怪文書だった。

冬音はちかから紙を受け取ると、わくわくとした様子で読んでいく。

「体表を屍《しかばね》に守られて……七つの口があって、一〇の胃があって……こんなすごい怪獣、私たちに倒せるかな～」

　冬音は妄想力を爆発させる天才型の漫画家だ。ふわふわおっとりとした外見だが、その脳内では天地をひっくり返すような大スペクタクルが生成されている。そこから生み出される少年漫画は幅広い層のファンから人気を集めており、ちかもその一人だった。縁あって、ちかは高校生のころから、冬音のヘルプアシスタントとしてたまに原稿を手伝っている。

　ちかが冬音を誘ったのは、彼女の妄想力が今日の謎解きには不可欠だと思ったからだ。

「倒せるといいんですけどね、怪獣……」

　こまごまと書かれた指令を見て、ちかは気が遠くなった。

　おそらく比喩なのだろうが、「冥府の十王に面会せよ」だとか「喉元に武器を突き立てよ」だとか、文字通りに読んでいては決して理解できそうにない文字列がいくつも並んでいる。

「うふふふ、なんだか楽しみになってきた」

「楽しみ……ですかね」

「きっと大丈夫だよちーちゃん。行ってみればなんとかなるって～。イマジネーション、イマジネーション！」

　二人を乗せた電車はがたごとと、怪獣の眠る地へと向かっている。

　到着する前に、ちかは改めて指令書を読み直すことにした。

※指令書※

我が国は現在、中世に生まれた暴虐の化け物により未曽有の危機に陥っている。
巨大怪獣カヴァネラを見つけ出し、手順に従って討伐せよ。

◆カヴァネラの特徴◆

・体表を屍《しかばね》の山により守られている。攻略のためには口から体内へ侵入する必要がある。
・七つの口がある。どれも細く切れ込むような形で、侵入や脱出は困難を極める。
・十の胃《い》がある。湧き出る消化液は清らかで美味。
・十の爬肢《はし》がある。ここを通ることにより、体液に濡《ぬ》れることなく移動することが可能。
・唯一の弱点は体外の逆鱗《げきりん》である。ただし事前に沈静化しなければ致命傷を与えられない。

◆討伐の手順◆

①体内へ侵入する前に、北壁の岩に封じられた冥府の十王に面会せよ。彼らがカヴァネラの大動脈を示すだろう。大動脈の通過と横断は怪獣に気づかれる危険があるため固く禁ずる。
②十王へは地獄谷の禅寺より参ぜよ。門前、赤箱の下に龍の足跡が残る。仏殿にて天を仰ぎ、道教の神々から最も遠ざけて足跡を重ねれば、地蔵に最も近い鳳凰《ほうおう》が侵入可能な口を指す。

③侵入に成功したのち、その道が尽きるまで歩いてから悲劇の姫の案内に従って曲がれ。水音のする方へ進み、爬肢《はし》の一つを見つけよ。母の墓塔がその地に置かれている。
④母と息子に道を尋ねよ。息子の血に染まった場所が次なる目的地である。その地へ向かう途中に通る胃の名が、最後の一撃においてなすべきことの手掛かりとなるであろう。
⑤目的地の下に獣が座して待つ。口を開いた者の前で、巨人の斃《たお》れた場所に背を向けよ。目線の方角、一つの爬肢《はし》を越えた先にある、一族の臓腑《ぞうふ》に塗《まみ》れた破滅の地へと向かえ。
⑥破滅の地にて八百の霊にカヴァネラの鎮静化を祈念せよ。戻ることなく先へ進んで天に近づけば、頂の円盤より怪獣の口が一つ見える。逆鱗《げきりん》はその喉元に隠されている。
⑦社を通って下界に降り、ただちに逆鱗《げきりん》を目指せ。体表に見える血の色が白から純な漆黒へと変わる場所に逆鱗《げきりん》は埋まっている。胃を攻撃して口を開き、カヴァネラの体内より脱出せよ。
⑧逆鱗《げきりん》の隠された漆黒の喉元に、支給した武器を突き立てよ。沈静化したカヴァネラはその一撃によって絶命する。

◆備考◆
・土や砂の上を歩く可能性がある。歩きやすく汚れてもよい靴で戦いに挑むこと。
・与えられた手掛かりはすべて持参すること。

今回の暗号文は長い。とても長い。曖昧な言葉や比喩を使って、行くべき場所やすべきことが順を追って書かれているようだ。実際に現地を訪れて辿《たど》っていかないと、何が何を指しているのかわからないようになっている。

「ところでちーちゃん、この指令書からどうやって目的地を割り出したの？」

「いやあ、頼れる後輩が手伝ってくれまして」

手伝って、と言ったが、今回も目的地の特定はほとんどゆいの手柄だった。温泉の休憩所で子豚の鍵を開けることに成功したちかと暦《こよみ》には、どこへ行けばいいのかさっぱりだったのだ。

そこで写真を撮ってゆいに送ってみると、秒速で返信が来た。

——わかりましたよっ！

しかし肝心の地名を教えてくれない。どうやらもったいぶって、二人を——おそらく暦を悩ませようという魂胆のようだった。

——七つの口がある、という条件だと京都なんかも当てはまりそうなんですが、十の胃とか十の爬肢《はし》っていう言葉を満たすのは、おそらく一つしかないはずです！

「そもそも爬肢《はし》ってなんだよう……脚のことか？」

暦が悔しそうに呟《つぶや》きながらそれを尋ねると、またすぐに返信が来る。

——わざわざふりがなが振ってありましたよね。柔軟に、音だけで考えてください。「十のい」と「十のはし」ですよ！　説明をよく読めば何を指しているかは一目瞭然のはずです！

ちかと暦は言われた通り指令書に書かれた特徴を読み直した。「湧き出る消化液は清らかで美味」――これで「い」と来ればきっと井戸のことだろう。「ここを通ることにより、体液に濡《ぬ》れることなく移動することが可能」――これで「はし」というのだから、橋。

七つの口に、十の井、十の橋。

検索してみると、すぐにぴったりの街がヒットした。

「……鎌倉《かまくら》だっ！」

ちかと暦は口を揃《そろ》えて喜びの声を上げたのだった。

三方を山に、一方を海に守られた鎌倉は天然の要害だ。山を切って通された「鎌倉七口《かまくらななくち》」がその出入口になっている。また、水質に恵まれなかった鎌倉において、きれいな水が湧く井戸は重宝され、江戸時代に「鎌倉十井《かまくらじっせい》」と名付けられた。そのころに、重要な橋や伝説の残る橋も「鎌倉十橋《かまくらじっきょう》」としてまとめられたという。

――神武天皇《じんむてんのう》が東国を征服しようとするにあたって築いた死体の山が今の鎌倉を囲む山になった、という逸話から、「屍の蔵《しかばねくら》」で「かばねくら」、それが変化して「かまくら」という名になった、なんていう伝説もあるそうですよ！

ゆいが血なまぐさい話を教えてくれて、目的地は確定した。

怪獣の名前「カヴァネラ」は、おそらくその「かばねくら」から来ているのだ。体表を屍《しかばね》の山に守られているという記述もそれを裏付けている。

◉鎌倉名数

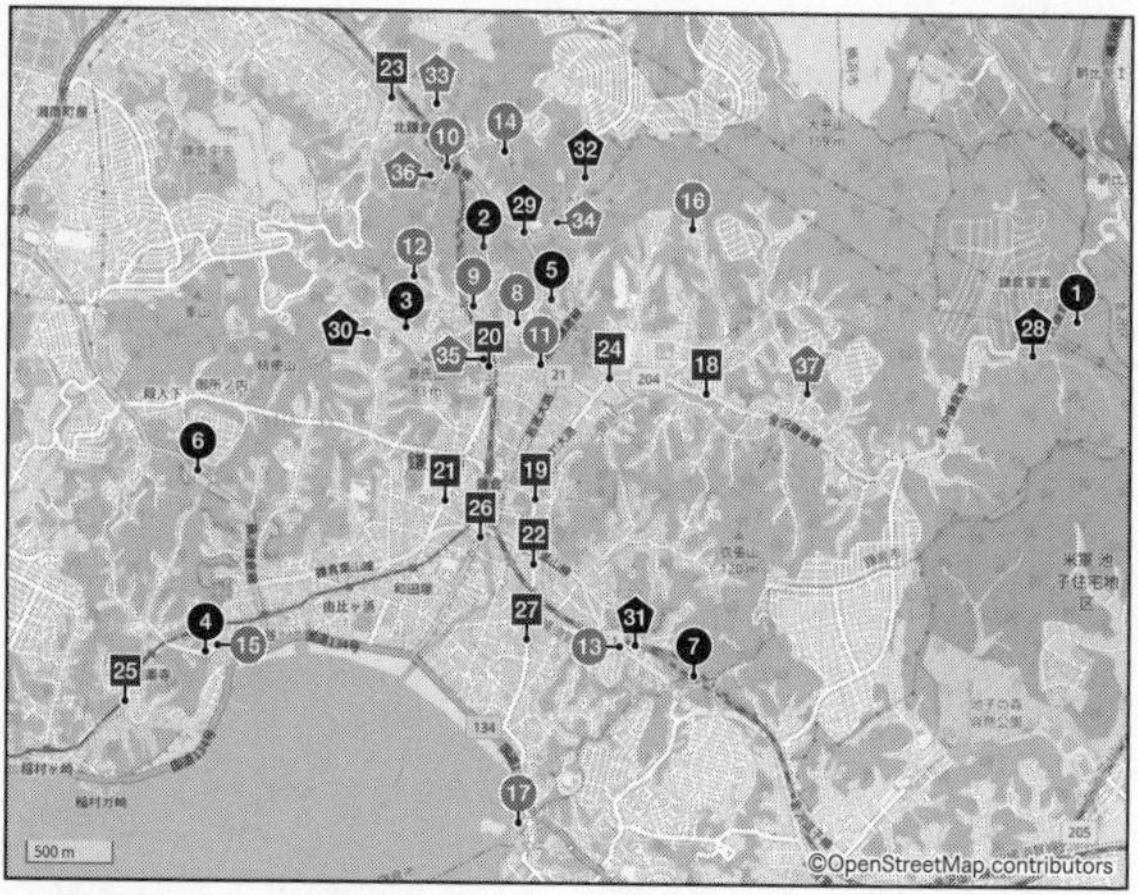

●鎌倉七口

1 朝夷奈切通
2 亀ヶ谷坂
3 仮粧坂
4 極楽寺切通
5 巨福呂坂
6 大仏切通
7 名越切通

●鎌倉十井

8 泉ノ井
9 扇ノ井（非公開）
10 甘露ノ井
11 鉄ノ井
12 底脱ノ井
13 銚子ノ井
14 瓶ノ井
15 星ノ井
16 棟立ノ井（非公開）
17 六角ノ井

■鎌倉十橋

18 歌ノ橋
19 夷堂橋
20 勝ノ橋
21 裁許橋
22 逆川橋
23 十王堂橋
24 筋違橋
25 針磨橋
26 琵琶橋
27 乱橋

⬟鎌倉五名水

28 梶原太刀洗水
29 金龍水
30 銭洗水
31 日蓮乞水
32 不老水（非公開）

⬟鎌倉五山

33 円覚寺
34 建長寺
35 寿福寺
36 浄智寺
37 浄妙寺

今回、鎌倉七口、鎌倉十井、鎌倉十橋の位置を把握する必要があるようだったので、ちかはあらかじめそれらを調べて印刷しておいた。

とはいっても、自力でやったわけではない。ゆいに教わりながら、鎌倉市のオープンデータを使用したWebサイト「鎌倉なびマップ」の観光支援地図を利用した。そのサイトでは、鎌倉の「名数」、すなわち七口のように数字でまとめられた名所を地図上にプロットすることができる。「鎌倉五名水《かまくらごめいすい》」や「鎌倉五山《かまくらござん》」といった指令書で言及されていないものもあったが、念のためチェックを入れたままにしておいた。

地図をまとめてくれた人たちの労力に感謝し、文明の便利さとゆいの博識さに感銘を受け、ちかは封筒に入った手紙や大小の豚の貯金箱とともにその地図を持参したのだった。

電車に揺られている間、ちかは冬音にその地図を見せながら、鎌倉を特定するに至った経緯をあれこれと説明した。

二人を乗せた電車はやがて横須賀線《よこすかせん》に入った。大船駅《おおふなえき》を過ぎると次は北鎌倉駅《きたかまくらえき》。鎌倉の中心部にある鎌倉駅までは行かず、一つ手前の北鎌倉駅で降りた。

どうやら「冥府の十王」やら「地獄谷」というのは、この北鎌倉にあるらしいのだ。

北鎌倉駅のホームは細長く、フェンスを挟んですぐ外が狭い道路になっている。道路の向こうは緑豊かな宅地だ。ひっそりとしていて、隠れ家のような雰囲気だった。

朝の時間帯の電車には鎌倉観光が目的だろう人たちがたくさん乗っていたが、北鎌倉駅で降りたのはごく一部。北鎌倉は鎌倉を囲む山の外にあって、鶴岡八幡宮《つるがおかはちまんぐう》や大仏で有名な中心部からは離れている。訪れる人もそれだけ少ないのかもしれない。

冬音が大きく伸びをして、気持ちよさそうに息を吸う。

「いい天気だね～」

「ですね！　散歩日和です！」

鎌倉側の東口からホームを出ると、線路沿いにまっすぐ道が延びていた。広い空は今日も気持ちよく晴れていて、赤や橙《だいだい》に色づいた木々が目に鮮やかだ。

まだまだ続く謎解き旅、三日目の始まりだ。

健脚な読者への挑戦状（3回目）

自力で謎を解いてみたいという気概があり、神奈川県の北鎌倉駅を訪れる機会がある方へ。

これにて第三章における謎がすべて出揃《でそろ》いました。

手掛かりはここまでの文章中のみならず、あなたの暮らしている世界にも実際に眠っています。いったん読む手を止め、現地を歩きながら考えてみるのも一興でしょう。

第三章で必要な答えは、怪獣の逆鱗《げきりん》が隠された【目的地】です。

迷ったときは休憩がてら、この本を読み進めつつ解いてみるのもよいかもしれません。くれぐれも歩きやすい靴で、周囲には十分な注意を払ってお楽しみください。

ご健闘をお祈りいたします。

逆井卓馬

さて、次ページからは解答編となっております。

読書のみ楽しまれたい方は、そのままお進みいただいて構いません。

所要時間の目安：約六時間
歩く距離の目安：一五キロメートル程度
注意：②でお困りの場合、屋根の左手前角が指す方をお探しください。

ちかが冬音と出会ったきっかけはネットゲームだった。

当時、ちかはまだ中学三年生で、三つ上の冬音は高校三年生。ちかが高校に上がり、冬音が高校を卒業するころには冬音の漫画連載が決まり、漫画家になりたかったちかはその手伝いをすることになった。それ以来、ちかは漫画に関することを冬音から学んできた。

ちかはたまに冬音を「師匠」と呼ぶが、実際、冬音は漫画の師匠に近い存在なのだ。

実のところ、漫画だけの話ではない。ちかが旅に出るとき間接的に背中を押したのもまた冬音だった。旅に出たいと思い立ち、軽い気持ちでSNSに投稿した行き先のアンケートが、フォロワーの多い冬音のアカウントによって拡散され、なんと三〇〇を超える票を獲得してしまった。そうしてちかは引くに引けなくなり、最初の旅に出ることとなったのだった。

今ではしばしば冬音を誘って一緒に旅に出ることもあるちかだが、連れ立って旅行をするたび、冬音から励まされたり、冬音から学んだりすることも多い。

どこかほんわかした人でありながら、いつだって大きな背中を見せてくれる師匠。

それが糀谷冬音なのだ。

ちかと同じで地理や歴史や暗号にはあまり強くないようだが、ちかは今日も助けを借りる気持ちで冬音に同行を依頼していた。

師匠の隣を歩いて、ちかは最初の目的地、「建長寺《けんちょうじ》」へと向かう。有名な観光地のようで、駅のすぐそばにある案内板がその方向を教えてくれた。

横須賀線の線路沿いには大きな寺をはじめ、小さなミュージアム、隠れ家的なカフェなどが並び、いかにも文化的でおしゃれな雰囲気が漂っていた。

「北鎌倉っていえば、『ビブリア古書堂《こしょどう》の事件手帖《じけんてちょう》』だよね～」

唐突に、冬音がそんなことを言った。

「あ、なんかそれ、聞いたことあります」

「この辺りが舞台のミステリ小説だよ。確かほら、メディアワークスだったかな」

「ほう、メディア……？」

「メディアワークス文庫。レーベルの名前。最近、現役女子高生作家の本が大ヒットしたりして、すごく話題になってなかったっけ」

「そうなんですね……？　私、小説にはあんまり詳しくなくて」

「私もあんまりなんだけど、若い子が頑張ってるって聞くと、私も頑張らなくちゃって思ったりもしてね～」

「えええ！　師匠だってまだまだお若いのに！」

そう言いながらも、ちかにはその気持ちが少しわかるような気がした。まだまだ若輩者のつもりでいるのだが、自分より若い世代が漫画の連載を始めたなんていう話を聞くと、心のどこかに焦《あせ》る気持ちが生まれてしまうのだ。

そうか、高校生でヒットを飛ばす小説家もいるのか、とちかは気が引き締まる思いだった。

大学生の今、ヒット作を連載している漫画家のほとんどはちかより年上だ。それでも毎年誕生日を迎えるたび、自分の年齢は否応《いやおう》なしに上がっていく。止められない歩みによって、尊敬する作家のデビュー時年齢を一つ、また一つと踏み越えていくのだ。

そんなことを考えてしまったちかの顔を、冬音はちらりと覗《のぞ》き込《こ》んできた。

「…………？」

「よーし、ちーちゃん、今日はいっぱい歩くよ～！」

冬音が不慣れさの滲《にじ》む走り方でとてとてと先へ行ってしまう。

「歩くって言いながら走っちゃってますよ！」

師匠ではあるが、こういうところはなんだか庇護欲《ひごよく》を掻《か》き立《た》てられる。小さな妹が転ばないかと心配する姉のような気持ちで、ちかも冬音を追いかけた。

建長寺は、線路沿いの道が尽きるところで左手に折れ、交通量の多い車道につけられた細い歩道をしばらく進んだ場所にあった。窮屈で見通しの悪い景観はむしろ退屈しない。北鎌倉の街は低い山の間を縫うように広がっていて、道路の左右には緑の高台が見える。建長寺はその左側――つまり北側の山に向かって入り込んだ谷にある大きな禅寺だ。

建長寺の門へと向かいながら、ちかは説明する。

「ゆいによると、この建長寺のある場所が、昔は地獄谷って呼ばれてたみたいです」

「どうしてそんな名前なんだろう」

「お寺ができる前は処刑場だったんですって」

「む！　処刑場！」

冬音は自分の長い髪をもしゃもしゃと両手でいじり始めた。これは何か妄想を膨らませているときの癖だ。ただでさえ乱れ気味の髪がぴょこぴょことそこらじゅうから跳ねていく。

「無念の残る罪人たちの霊……冥府の王が抑えてるけど……均衡が崩れて………」

天才漫画家の脳内ではカタストロフィが錬成されているようだった。ちかはその様子をそっと見守りながら、冥府という言葉について思い返した。

指令書の手順①に書かれていた「北壁の岩に封じられた冥府の十王」というのにも、事前に見当がついている。というか、ゆいが見当をつけてくれた。

建長寺から奥の山へと登っていったところに「十王岩《じゅうおういわ》」というのがあるらしい。北鎌倉の北側にある建長寺の裏山は「北壁」と言い換えることができる。そこへ②の指示を加味すると、建長寺を通って十王岩を訪れる、というのが最初の方針で間違いないはずだ——と頼れる後輩は考察していた。

ただ、建長寺へ入る前に、一つだけやるべきことがあった。

ちかは歩道に設置された郵便ポストの前で立ち止まる。

「ふゆねぇ、ここを探しましょう！」

「お、まさに門前の赤箱だね～」

最初の指令に加えて、指令書には先んじて読んでおかなければならない部分があった。

十王へは地獄谷の禅寺より参ぜよ。門前、赤箱の下に龍の足跡が残る。

②の指示に従うのであれば、建長寺へ入る前に、門の前にある「赤箱」の下を確認しておかなければならないのだ。「赤箱」らしきものは、郵便ポスト以外に見当たらなかった。

「さて、ここで龍の足跡を探すわけですけど……」

歩道には、白、灰色、赤などの、正方形の小さな石のタイルが敷き詰められている。暗号を素直に解釈すれば、赤い箱、郵便ポストの下に何か「足跡」と呼べるものがあるはずだ。

「龍の足跡だということはさ、とてつもなく大きいはずだよね！」

「本当に足跡だったら、ですけど……」

冬音はノリノリだったが、ちかは指令書の仰々しい文章にちょっと引いていた。恐れ多くも龍の足跡に喩《たと》えられるようなものが、こんな普通の歩道にあるとは思えない。

郵便ポスト周辺の地面を熱心に探し回っていては、さすがに不審者だと勘違いされそうだ。

ちかはさりげなく視線を落として捜索することにした。

一方で冬音は、何を見つけたのか、ポストの横で鑑識のようにしゃがみ込んでしまった。

「ちーちゃん、これ見て！」

「は、はいっ！」

ちかも冬音が指差す場所に注目する。

歩道の石のタイルは、色を規則的に配置することはせず、あくまでランダムに並べられているように見える。しかしポストの下の一ヶ所だけ、五×五の正方形に、赤いタイルの集中している箇所があった。

「これってもしかすると、足跡じゃないかな？」

「うーん……そもそもなんなんでしょう、この四角」

もしかすると歩道にタイルを敷いた人の気まぐれかもしれない。しばらく無意味に悩んだ挙句、ちかは文明の利器に頼ることにした。スマホのGoogle Mapsだ。もし何か意味のあるものなら、スポットとして表示されるかもしれない。

ダメ元だったが、これが正解だった。

「ふゆねぇ、見てください！」

鎌倉五名水　金龍水跡《きんりゅうすいあと》

まさにポストのある位置に、そう書かれたピンが立っていた。

金龍水。龍だ。

さらにGoogleで「金龍水」と検索してみると、鎌倉市観光協会のサイトがヒットした。

江戸時代、鎌倉でも良質だとされた湧水が『新編鎌倉志《しんぺんかまくらし》』という書物において鎌倉五名水としてまとめられたのだという。金龍水はそのうちの一つだが、道路拡張工事の際に埋められてしまった。歩道に集めて敷かれた赤いタイルがその名残——ということらしい。

「なるほど、このタイルがまさに龍の足跡、ってことだね！」

「これをあとで使うわけですね」

ちかはとりあえず、ぱしゃりと写真を撮っておいた。具体的にどうすればいいのかはまだわからないが、この足跡をあとで何かに重ねればいいのだろう。

龍の足跡を発見した二人は、いよいよ建長寺へと入った。

鎌倉五山の第一位たる建長寺は、鎌倉幕府五代執権の北条時頼《ほうじょうときより》が創建した日本で最初の禅寺だという。総門で拝観料を支払い境内に足を踏み入れると、広い敷地《しきち》に堂々と配置された巨大な建築群が圧倒してくる。植えられた樹木の大きさからも悠久の歴史が感じられた。

「すご～い、立派なお寺だね～！」

「建物の一つ一つが大きい……」

「なんだか外国のお寺みたい」

「そういえば、建長寺は中国の寺院を参考にして造られたらしいってゆいが言ってました」

「へえ、そうなんだ～」

「一説には、野菜を炒《いた》めてから煮込むけんちん汁も、建長寺に入ってきた中国の調理法が元になってるとか……」

「けんちん汁は建長汁ってこと？」

「ゆいはそんなことを言ってましたね」

全部後輩の受け売りだった。

荘厳《そうごん》な三門をくぐって、まずご本尊の安置された仏殿を訪れる。入口手前に置かれた説明板によると、ご本尊は地蔵菩薩《じぞうぼさつ》。建物は東京の増上寺《ぞうじょうじ》から江戸時代に移築されたものらしい。

中へ入ると、お地蔵様らしく頭を丸めた大きな仏像が優しい表情で二人を迎えた。

さっそく手を合わせる。ちかは目をぎゅっと閉じて、「今日の謎がどうにか上手《うま》く解けますように」と願った。それから目を開いて、上を向き、ちかは気づく。

天井が正方形の格子状《こうしじょう》になっているのだ。

それぞれの格子《こうし》の中は煌《きら》びやかな金色に塗られ、そこに様々な向きで鳥――おそらく鳳凰《ほうおう》だろうか――が描かれている。

仏殿にて天を仰ぎ、道教の神々から最も遠ざけて足跡を重ねれば、地蔵に最も近い鳳凰《ほうおう》が侵入可能な口を指す。

足跡を重ねる、の意味は単純明快だ。

脇に避けてからちかがアイデアを伝えると、冬音は仏殿をぐるりと見回した。

「じゃあ、『道教の神々から極力遠ざけて』がどういうことなのか、考えなくちゃね」

「そもそも道教ってなんでしたっけ……」

「あ、道教ってね」

冬音はにこにことして、説明を始め——なかった。

「なんだったっけ……」

二人してしばらく沈黙する。

ちかは出題者に申し訳なく思いながらも、再びGoogle先生に訊《き》いてみることにした。

どうやら道教とは、中国で生まれ発展した伝統宗教のことらしい。日本の文化に影響を与えはしたものの、直接導入されることはなかったという。

ゆい曰《いわ》く中国の寺院を参考にしたお寺なのだから、中国の神様がいてもおかしくはない。

「もしかすると、あちらの方々かな、なんだか中国っぽい服装だし……」

冬音が、向かって右側に置かれた五体の像を自信なさげに手で示した。

おかしな形の被《かぶ》り物《もの》をして、和装とはまた違ってゆったりと広がる服に身を包んだ像。うち二体はぎょろりと目を見開いている。冬音の言う通り異国情緒が漂っていた。

「調べてみます！」

もうここまで来たらGoogle先生を使い倒そうと、ちかは「建長寺　仏殿　道教　像」と調べてみた。画像を検索すると、まさに今注目している五体の像が出てくる。どうやらお寺を守っている「伽藍神《がらんじん》」という神様のようだった。

「これで合ってるみたいです！　だから……」

再び視線を天井へと運ぶ。道教の神々は右手奥。極力遠ざけるということは――

たくさんの鳳凰《ほうおう》が舞う天井を見上げたまま、ちかは金龍水跡のことを思い返す。

要するに、簡単なパズルなのだ。

あのタイルも見方によっては格子状《こうしじょう》だった。金龍水の跡は五×五の正方形。建長寺仏殿の天井は正方形の格子状《こうしじょう》。五×五のマス目を、この天井に当てはめればよい。

道教の神々から一番遠いのは左手前の角だ。五×五の中で地蔵菩薩に最も近い鳳凰《ほうおう》は――

「こっちの向きですね。指令書が示す鳳凰《ほうおう》は左手前の角の方を向いています」

「つまり……」

冬音もスマホを取り出し、コンパスのアプリを開く。

画面を鳳凰《ほうおう》の向く左手前の方角に合わせると、ぴったり西向きになった。

「西だねっ！」

仏殿を出て、二人で地図を確認する。建長寺の仏殿から真西の方角。鎌倉七口のうち、その方向にあるのは一つだけだった。

カヴァネラの体内に入るルートはわかった。早くそちらへ行きたい気持ちを抑えつつ、二人は指令書に書かれた最初の目的地である十王岩へと向かうことにした。

ただでさえ広いと思っていた建長寺の境内は、裏山に向かって谷の奥の方まで続いていた。進んでいくにつれて道は狭くなり、曲がりくねっていく。まるで秘密基地へと向かっているような気分になる。建物が計画的に配置された入口近くとはまるで別世界だ。

人もぐんと少なくなった。この辺りが昔処刑場だったんだなと思うと、背筋が寒くなる。

そびえ立つ崖の間を通って、現れた石鳥居をくぐると、急な石段が待ち構えていた。

「う……これ登るの～？」

「みたいですね。頑張りましょう」

ちかもインドアだが、冬音はもっとインドアだ。随所に配置された天狗《てんぐ》の像に睨《にら》まれながら石段を踏みしめていくと、もう秋も終わるというのに二人ともじんわり汗をかき始めた。

「紅葉、すごくきれいですね！」

「ほ、ほんとだ、ね～……」

急な坂だ。くねくね曲がる道をえっちらほっちら登っていく。

一〇分ほど進むと、一番上には木々に囲まれた展望台があった。

「『亀ヶ谷坂《かめがやつざか》』！」

「おおお」

ちかの口から思わず声が漏れた。はるか下の建長寺や、山に囲まれた半月形の鎌倉の街、その向こうに光る相模湾《さがみわん》まで見える。

「鎌倉って、本当にぐるっと山に囲まれてるんですね」

そう言って冬音を見ると、冬音はぜえぜえはあはあ言いながらサムズアップしてきた。

息を整え、お茶で喉を潤す。ちか自身も、冬が近いのにこんな登山をすることになるとは思っていなかった。

目的地の十王岩は、ここからさらに少しだけ歩いたところにあるらしい。鎌倉の街を見下ろすならもうこの展望台で十分なのでは、とちかは心の中で思わなくもなかったが、命令されているものは仕方がない。少し休んでから先を急いだ。

そこから先は尾根道で、鎌倉を囲む山を時計回りに、つまり東の方へと進む。幸い、十王岩は展望台から歩いて数分のところにあった。人がすれ違うのも難しいような山道を少し逸《そ》れたところに、尾根のてっぺんの岩が露出している場所がある。

岩に近づいて、ぎょっとした。

鎌倉に来てこんなものと出会うことになるとは思ってもみなかったのだ。

いったい何百年前のものなのだろう。鎌倉の街を見下ろすようにして、三体の座像が岩に彫られていた。長い年月を経ているらしく、雨に削られてかなり溶けている。真ん中の一体は頭がほとんどなくなっているし、隣はのっぺらぼうの顔面に目の窪《くぼ》みだけが残っている。その姿はまるで骸骨のようだ。

古都鎌倉と聞いて古い木造建築や立派な仏像を想像していたちかにとって、雨風に晒《さら》されたこの岩の彫像はあまりにも意外な存在だった。

「冥府の王……」

処刑場から登ったところにこうした岩があることに、何か薄ら寒いものを感じた。

「ずっとここで鎌倉を見守ってきたんだね～」

冬音が腕組みをしてその隣に立ち、鎌倉を一望した。

「ふゆねぇ、大動脈って、なんのことかわかりますか？」

①体内へ侵入する前に、北壁の岩に封じられた冥府の十王に面会せよ。彼らがカヴァネラの大動脈を示すだろう。大動脈の通過と横断は怪獣に気づかれる危険があるため固く禁ずる。

ちかは冬音に紙を見せた。ここでは岩に彫られた彼らが、カヴァネラの大動脈なるものを示してくれるはずなのだ。

「大動脈……あっ！」

冬音がずばっと鎌倉の街を指差した。

「ほらちーちゃん、ここに立って一緒に街を見て〜！」

さっき展望台から同じ景色を見たはずでは、と思いながら、ちかは冬音の隣に立ってみる。やってみるものだ。鎌倉の方に目を凝らして、すぐに気づく。

「真ん中の道が！」

「ね、大動脈でしょ？」

展望台からおよそ三〇〇メートルずれることで、見える景色が少しだけ変わっていた。鎌倉の中央を貫く道路が、左右のビルに遮られることなくはっきり現れたのだ。じっくり見ていると、そこを走る車の動きまでわかった。

地図に通りの名前が書いてある。

若宮大路《わかみやおおじ》
海から鶴岡八幡宮までまっすぐ続く、まごうことなき鎌倉のメインストリートだ。

「こう、あっちからここまでずばっとなってるから、全部見えるんだね」

冬音は説明が下手な方だった。

「この十王岩が、若宮大路のぴったり延長線上にあるんですね」

「そうそうそういうこと〜」

◎十王岩

◎若宮大路と十王岩

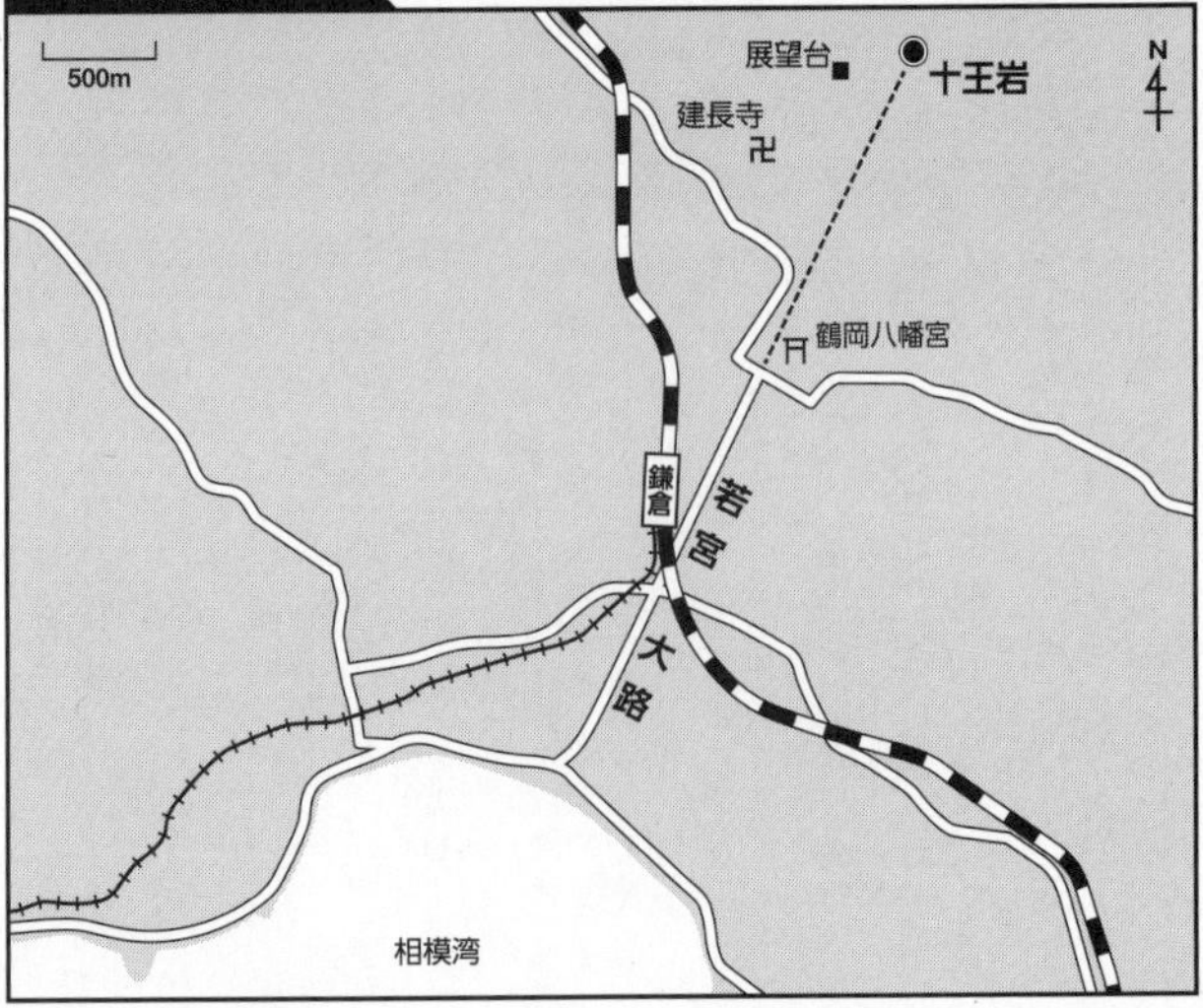

出題者が二人をわざわざ十王岩まで歩かせたのは、この景色を見せるため。つまりカヴァネラの大動脈とは、若宮大路のことなのだ。

「今回の散歩では、若宮大路を通ったり横切ったりしちゃいけないってことですね」

言いながら、ちかはいつだったか学校行事で鎌倉を訪れたことを思い出した。鎌倉の中心部にある鶴岡八幡宮から延びる若宮大路は頻繁に通ったはずだ。道路の真ん中に一段高い歩道がある独特の景色が、今でもなんとなく思い出せる。これを通らずに鎌倉を歩くというのはなかなか難しいように感じられた。

「メインストリートに入っちゃダメっていうのは面白いねぇ。今日はどんなとこを歩くことになるのかな～」

「いきなりこれですから、大変なところへ連れていかれる予感があります……」

鎌倉の中心部へ入る前に、軽い登山をさせられてしまったのだ。ちかは、このあとどんな無茶ぶりが来てもおかしくない気がしていた。

山を下りて次なる目的地を目指す。

建長寺を出て道路を少し歩いたところに、目立たない脇道があった。案内板によると、ここを曲がると鎌倉駅の方向へ行けるらしい。お寺と森の間を緩やかに登っていく、なんだか薄暗い坂道。建長寺の西にある「亀ヶ《かめが》谷坂《やつざか》」だ。

ここが鎌倉への入口。これから侵入すべき、怪獣カヴァネラの七つの口の一つである。

「よし、じゃあ行きましょうか！」

「いざ鎌倉〜」

本当にこちらが中心部で合っているのかと思いながら、ちかは細い道に入った。

奥へ進んでいくにつれ、気温が下がっていくような感じがする。細い道の左右に茂る木々が空を覆い隠し、まだ昼前だというのに道は暗い。

亀ヶ谷坂は切通《きりどおし》、文字のごとく山を切って通した通路で、平時の交通の便をよくするほか、有事の際は防御の拠点としても重視されていたらしい。敵が軍勢を率いて鎌倉へ侵攻してくるときには、山を越えるわけにもいかず、切通《きりどおし》を使うしかない。切通《きりどおし》を守ることができれば、鎌倉を守ることができるというわけだ。

狭い道はそのうち切り立った崖に挟まれる形となった。

「今、崖の上から攻撃されたら、どうしようもないよね〜」

冬音が上の方を見ながらそんな感想を漏らした。

「こ、攻撃？」

「これから怪獣の体の中に入るんだよ？　ちゃんとその気持ちにならなくちゃ」

「精進します……」

「何が来てもびっくりしちゃだめだからね！」

まるで示し合わせたかのように、そのときキョキョキョキョキョ、と不気味な声がどこからか響いてきた。ちかはどきりとして周囲を見回す。

「ふゆねぇ、今の聞きました……？」

「え〜、なになに？」

冬音がぼんやりとしたことを言っている間に、さらにキョキョキョ、と声が聞こえる。今度は二方向から。どうやら上の方が発生源のようだ。

「あ、あの、森の方からなんか変な声が……」

「きっと妖怪が私たちのことを――」

冬音がちかを怖がらせようとしていたとき、声の正体が二人の前に現れた。リスだ。可愛《かわい》らしいふさふさの尻尾を振りながら素早く移動し、鋭くジャンプして森の中へ消える。そちらの方向からまたキョキョキョキョと鳴き声が聞こえた。

「なんだリスか、びっくりした……」

「ごめんね〜、ちょっとは雰囲気出るかなと思って」

「雰囲気は……確かにちょっと出ましたね」

薄暗い木々に覆われて荒々しい岩肌が剝《む》き出《だ》しになった切通《きりどおし》は、なんとなく不気味だった。これ以上怖い思いはごめんだと思って、ちかは先を急ぐ。

登り坂は峠を越えて下り坂となり、少しずつ明るくなって住宅街へと入った。

暖かな日差しにほっとしながら、ちかは指令書を再度確認する。

③侵入に成功したのち、その道が尽きるまで歩いてから悲劇の姫の案内に従って曲がれ。水音のする方へ進み、爬肢《はし》の一つを見つけよ。母の墓塔がその地に置かれている。

またしても不吉な文字列が並んでいる。

道が尽きるまで歩け——とりあえず進んでみると、道路は少し先で丁字路に突き当たった。

「悲劇の姫の案内に従って曲がれ……」

呟《つぶや》きながら、ちかは周囲を見回してみる。右手に建っている小さなお堂が気になった。八角形の、木造の建物だ。こぢんまりとしているが、立派な屋根と美しい木組みが上品な雰囲気を漂わせている。きちんと整備されており、大切にされてきたことが窺《うかが》えた。

岩船地蔵堂《いわふねじぞうどう》

説明板にはそう書かれている。源頼朝《みなもとのよりとも》と北条政子《ほうじょうまさこ》の娘、大姫《おおひめ》を供養《くよう》する地蔵堂だ。

彼女は、父頼朝の意向によって許嫁《いいなずけ》が殺害され、傷心のうちに早世したとされる。

大姫——悲劇の姫。

二人は地蔵堂で手を合わせてから、そちらの方向、つまり右へと曲がることにした。

道は横須賀線の線路をくぐって再び丁字路に突き当たった。線路の下、左手に水路があったので、左に曲がってみる。

「………？」

ちかは線路を振り返った。高さ制限二・一メートルの古びたガード。この景色をどこかで見たことがあるような気がしたのだ。しかし、こんな場所を歩いた記憶はない。

まあ単なるデジャブだろう。そう思って、ひとまず鎌倉名数の地図を確認してみる。

「さて、この先にあるのは……」

「このすぐ先に、『勝ノ橋《かつのはし》』っていうのがあるみたい。橋の一つってことは、ここかな？」

脇から覗《のぞ》き込《こ》んできた冬音が指差した。

「とりあえず向かってみましょうか」

「そうだね！」

線路沿いを進みながら、冬音がふと首を傾《かし》げる。

「ねえちーちゃん」

「はい」

不思議そうな顔をしたまま、冬音がちかを見てくる。

「私、さっきの場所、どこかで見た気がするんだけど……」

「さっきの場所って、線路をくぐった辺りですか？」

「うん。あの景色になんだか見覚えがあるような、ないような……」

冬音に言われて謎が深まった。ちかにも既視感があったのだ。まさか偶然とは思えない。

「もしかしたら私も……ですけど、こんなとこ、来たことあったかな」

「そうなんだよね。鎌倉には来たことがあるんだけど、ここはどうだったかなあ」

鎌倉の中には入ったが、二人がいるのは中心部から外れた場所だ。人通りもほとんどない。

二人でしばらく考えても、結局答えは出なかった。


目的の橋は道端にひっそり佇《たたず》んでいた。ただ、もはや橋の形を留《とど》めている構造物はない。松の木の陰に隠れるようにして、「十橋之一《じっきょうのいち》　勝ノ橋」と書かれた四角い石碑が置かれている。

調べてみると、この橋は徳川家康《とくがわいえやす》の側室であったお勝《かつ》の方《かた》が造らせたことからその名になったのだという。かつては立派な石橋だったようだが、もはや見る影もなかった。

「とすると問題は、この地にあるっていう『母の墓塔』を探すことだね」

冬音が指令書を読んで、辺りをきょろきょろと見回した。

「母って、誰のお母さんのことなんでしょう？」

「これだけだとわからないね～」

「どうして教えてくれないんだろ……」

ちかのぼやきを聞いて、冬音が考える。

「誰のお母さんかまで書いちゃうと、ワープできちゃうからじゃないかな？」

「ワ、ワープ？」

「ほら、ズルできちゃうでしょ？　ぴょんって」

冬音は説明が下手なりに、頑張ってちかに伝えようとしてくれた。ちかはしばらく考えてみて、ようやくその言わんとしていることに気づいた。

「あ、そうか。途中からルートに入れちゃうってことですね」

「そうそう！」

具体的な名前が指令書に書かれていれば、その墓を検索することであらかじめ行くべき場所がわかってしまう。途中から入っていけるルートがあったら、それまで建長寺に寄ったりした過程はなんだったのか、という話になってしまうのだ。

「じゃあ、探さなくちゃですね、誰のか知らないお母さんを……」

「この近くにいらっしゃるはずなんだよね？」

「おそらく」

周囲を探ってみる。案内板によると、ここは寿福寺《じゅふくじ》というお寺の前のようだった。

寿福寺の入口には赤く塗られた門があって、そこから奥へ、木々に挟まれた雰囲気のある道が続いている。

門を入ってみると、すぐに寿福寺の説明板が見つかった。

　源頼朝が没した翌年、妻の北条政子が明菴栄西《みょうあんえいさい》を開山に招いて建立《こんりゅう》した鎌倉五山第三位の寺です。鎌倉幕府三代将軍の源《みなもとの》実朝《さねとも》も、再三参詣《さいさんさんけい》しました。……（中略）……裏山の「やぐら」（中世の横穴墳墓）には、源実朝、母・政子の墓といわれる五輪塔があります。

「ふゆねぇ、これ見てください！」

ちかは門の外にいる冬音を呼び寄せた。

「母ってもしかすると、北条政子さんのことじゃないですか？　さっき通った地蔵堂の悲劇の姫、大姫のお母さんです」

「それだ〜！」

悲劇の姫、と書かれた次になんの断りもなく母と書かれているのだから、よく考えてみればそう解釈するのが自然だろう。

道を奥へ進むと「実朝・政子の墓」と書かれた案内板が行くべき方向を指し示していた。少し坂を登ると、緑に囲まれた墓地の中に入る。他に誰もいない。静かなところだった。

二人はできるだけ声を低くし、歩くペースも落とした。寺の裏山に造られた墓地は入り組んでおり、木が茂っていることもあり全体像が見えない。周囲をぐるりと囲んでいる崖には、小さなトンネルの入口のような穴がぽこぽこと黒い口を開けている。

「あの穴、なんでしょう」

「説明に書いてあった『やぐら』じゃないかな。鎌倉時代のお墓」

「岩を掘ってお墓にしたんですね……」

墓地を歩いたくらいでは怖くならないちかでも、周囲にいくつも暗い穴が開いていると不安な気持ちになってくる。

思えばここも鎌倉の街を囲む山の中だ。やぐらの中から、中世の死者たちが街を見守っているような気さえしてくる。

政子と実朝の墓は最も奥の区画にあった。垂直に切り立った岩肌を四角く掘ったやぐらが並んでおり、その中に大きな五輪塔が立っている。母子の墓は、小さな石塔の並ぶ岩壁を挟んで隣り合ったやぐらに収まっていた。どちらも立派な塔で、よく手入れされているのか、新しい供え物がしてある。


母と息子に道を尋ねよ。息子の血に染まった場所が次なる目的地である。


ここで間違いない。息子である実朝の墓もあるのだから。

二つの墓に手を合わせてから、二人は指令書の内容を考えてみる。

「息子の血に染まった場所……つまり、この実朝さんの血に染まった場所ですよね」

「さねとも……」

ゆいならば張り切って解説してくれるところだろうが、ちかも冬音も、あまり歴史に詳しい方ではない。それどころか、実朝という名前を聞いたことはあっても、彼がどういう人なのかいまいちぴんときていなかった。

「実朝って、何した人でしたっけ？」

「あれだよね、鎌倉幕府の……」

結局、調べることになった。

源実朝は鎌倉幕府の三代将軍。初代である父頼朝の死後、二代目となった兄の頼家《よりいえ》が母方の北条家によって追放され、わずか一二歳でその後を継いだという。そして二八歳のとき、鶴岡八幡宮を参拝し終えたところを兄の遺児、公暁《こうぎょう》に襲われてその生涯を終える。

「血で血を洗うとはまさにこのことだね～」

「中世の人は大変だ……」

「ということはちーちゃん、次は鶴岡八幡宮に行けばいいのかな？」

「ですね。雪の積もるなか石段で……って書いてあります。鶴岡八幡宮って確か、今も大きな石段がありましたよね。そこへ向かえばよさそうです」

地図で確認すると、鶴岡八幡宮はすぐ近くにあるようだった。

「よ〜し、向かおう！　暗殺現場！」

寿福寺を出て踏切《ふみきり》を渡り、山に沿って曲がる細い道をしばらく歩いていくと、やがて人通りの多い商店街に入った。観光客で賑《にぎ》わう通りは、歩くのにも苦労するほどだ。

「これ、私、来たことあります！」

「小町通《こまちどお》りだって！　すごい人だねぇ」

鎌倉駅から鶴岡八幡宮へ、若宮大路と並行するように走る小町通りは、若宮大路を大動脈とするならば大静脈にあたる道だ。幅の狭い商店街には軽食を売る店やレストランが多く、たくさんの人が往来する。

休日の人混みに押し流されながら鶴岡八幡宮の方へ向かう。小町通りの北の端に、探していた井戸があった。二人はそこで立ち止まる。

鉄《くろがね》の井《い》

行き交う人々は誰も目に留めていない。ひっそりとした小さな井戸だ。

「若宮大路を避けて鶴岡八幡宮に向かうと、この場所を通ることになるんですね」

地図を見ながら、ちかは納得した。

ちかたちが歩いてきた西側からだと、鶴岡八幡宮まで最短で向かう道は小町通りになる。少し遠回りしたところで、若宮大路を通るなり横断するなりしないと結局鶴岡八幡宮へは行けないようになっているのだった。

指令書には、「鉄の井」という名前が手掛かりになると書いてあった。

その地へ向かう途中に通る冑の名が、最後の一撃においてなすべきことの手掛かりとなるであろう。

「鉄の井……最後の一撃……うーん」

「何かわかりましたか？」

「ううん、全然」

冬音が持ち前の想像力を発揮しても、鉄の井という名前が最後の目的とどう関係するのかはさっぱりわからないようだった。

ちかは少しずつ焦《あせ》りを抑えられなくなってくる。

今日は最終的にどこで何をすればいいのか、まだ見当もついていない。どうやら支給された武器を逆鱗《げきりん》に突き立てればいいらしいが、支給された武器とはなんなのか、逆鱗《げきりん》はどこにあるのか、突き立てるというのは何を意味するのか、すべて不明なのだった。

鉄の井というのがヒントらしいが、それがいったいなんになるというのか。
困惑しながらも井戸を観察してみる。石張りの四角い井戸に、人工竹の井戸蓋が被《かぶ》さってい
る。今は使われていないようだ。
説明板によれば、鎌倉十井の一つである鉄の井は、井戸の中から鉄観音像《てつかんのんぞう》の頭が掘り出され
たことからその名がつけられたのだという。
「どうしたら井戸の中から観音様の頭が出てくるんだろう」
「想像してみると怖いですね」
「生首が出た！　って当時の人はびっくりしたかもしれないね～」
近くには昭和一六年に建てられたという石碑があった。その碑文によれば、鎌倉時代に火事
があり、寺が焼け、観音像が土に埋もれてしまったということらしい。発掘された頭部は五尺
余り、一・五メートルほどという驚きの大きさだ。ちなみにその頭部は、明治時代に東京へ移
されて、今は人形町《にんぎょうちょう》の大観音寺《おおかんのんじ》に安置されているという。
記録用に写真を一通り撮ってから、二人は鶴岡八幡宮へと向かうことにした。
真正面から入るのが普通のはずだが、冬音が「怪獣に気づかれちゃうかも～」と主張するの
で、若宮大路を避けるようにして西側の入口から境内へ入る。
若宮大路を鎌倉の大動脈とするならば、鶴岡八幡宮は鎌倉の心臓だ。鎌倉を訪れた観光客の
ほとんどがここへ来るだろう、街の中心部。

◉鶴岡八幡宮 中心部

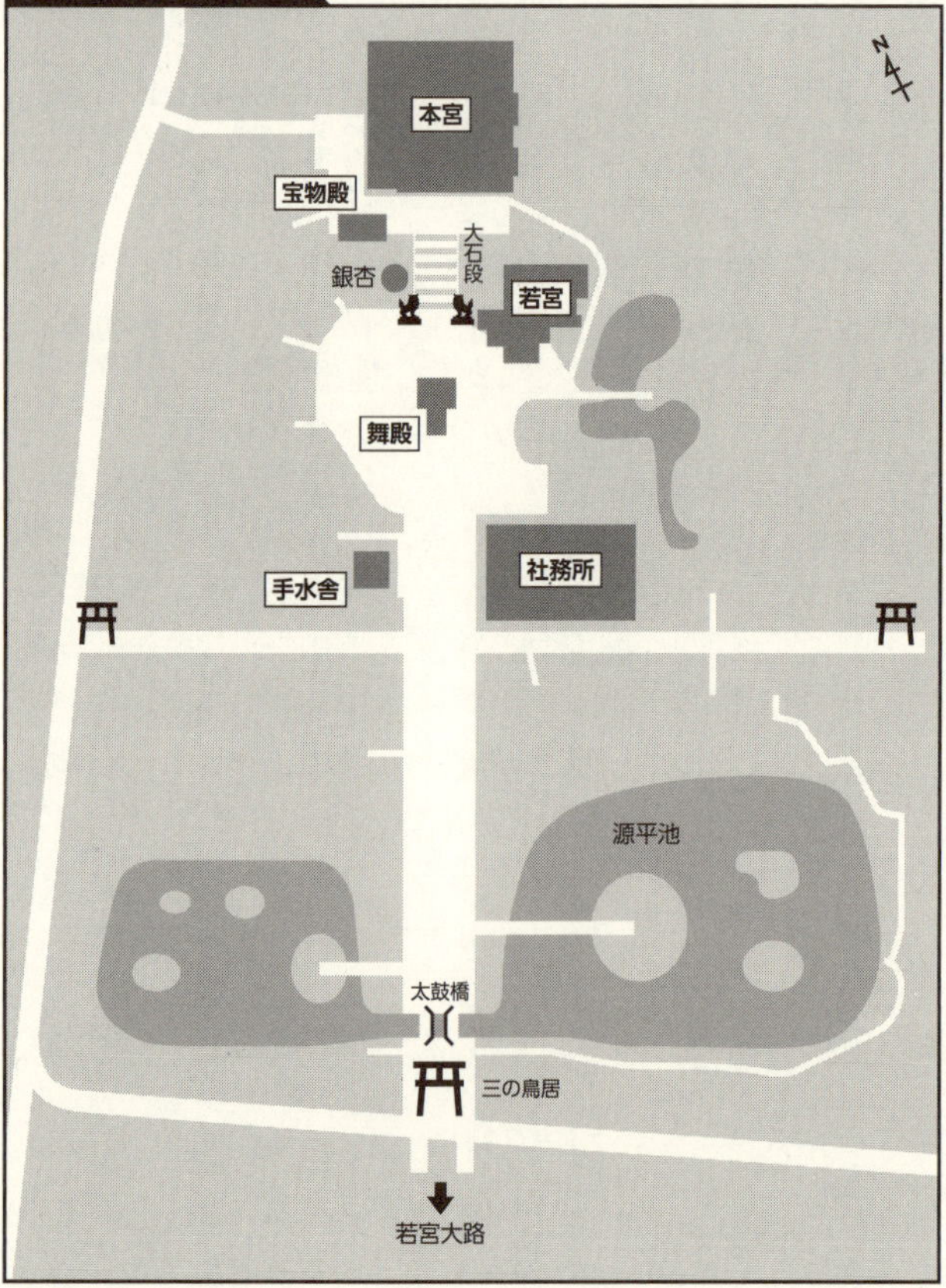

境内はちかの記憶通りだった。大きな参道と、どすんと置かれた舞殿、その向こうで本宮へと登っていく大きな石段。そして、それほど広い敷地《しきち》でも狭く感じるほどの人混み。実朝が暗殺された悲劇の地は楽しげな人々で賑《にぎ》わっている。

石段を一番上まで登ると、本宮の入口がある。頭上に「八幡宮」と書かれた額がかかっていた。よく見ると「八」の字が二羽の鳥になっている。拝殿にはお参りの列ができていたので、並んでいるうちに気になって調べてみると、これは神の使いとされる鳩《はと》をモチーフにしたものなのだとわかった。そう考えると可愛《かわい》らしい。

「お土産に鳩《はと》サブレーとかあるもんね！　あれ好きなんだ～」

ちかが鳩《はと》の話をしてみたところ、冬音はほんわかとそう言った。

「あ、あの形ってそういうことなのか」

「ここの鳩《はと》なのかな？　いっつも頭と尾っぽのどっちから食べるか悩んじゃうよね～」

「私はまず首をぱきっと折って、頭から食べます」

「ざ、残酷！」

「ふゆねぇはどうやって食べるんですか？」

「私はね～、いつも悩んで、結局は袋に入ったまま割って細かくしちゃうかな」

「それはそれでひどい気もしますが……」

「周りが汚れなくて便利なんだよ～」

「プロの犯行……！」

鳩《はと》サブレー談義をしている間に順番が来て、二人はお参りをする。

もちろん、ちかは今後の謎解きが上手《うま》く運ぶように祈った。

石段まで戻ると、そこから鎌倉の街が一望できた。登るときはあまり感じなかったが、それなりに急だ。実朝は雪の積もる夜、この石段を下っていく途中で殺されたという。鎌倉時代、街はどれほど暗かっただろうと想像する。

⑤目的地の下に獣が座して待つ。口を開いた者の前で、巨人の斃《たお》れた場所に背を向けよ。目線の方角、一つの爬肢《はし》を越えた先にある、一族の臓腑《ぞうふ》に塗《まみ》れた破滅の地へと向かえ。

指令書にはまたしても不穏な内容が書いてあった。石段が殺害現場だとしたら、目的地の下とは石段の下のことだ。降りてみると、自然と「獣」の正体もわかった。

「狛犬《こまいぬ》だ！」

冬音が嬉《うれ》しそうに左右を指差す。石段の両脇に大きな狛犬《こまいぬ》が置かれているのだ。

「左右の違いを気にしたことなんてなかったけど、口を開いたのと閉じたのがいるんだねぇ」

「正式には、向かって右の口を開けたのが獅子《しし》、左の口を閉じたのが狛犬《こまいぬ》らしいです」

「へえ、両方とも狛犬《こまいぬ》だと思ってた！」

「今は二つ合わせて狛犬《こまいぬ》って呼んでる人の方が多い気がしますけどね」

ちかの説明は、すべてGoogle先生の受け売りだった。

「じゃあ、ここで巨人を探せばいいんだね？」

本当に巨人を探すような角度で上を向く冬音の肩を、ちかはそっと叩《たた》く。

「あの、多分……あれだと思うんですけど」

ちかは控えめに言いながら、石段の向かって左側を指差した。

注連縄《しめなわ》の張られた大きな空間があり、その中に細いイチョウの木が一本だけ立っていた。少し離れたところに、切られた巨木の幹がどっしりと置かれている。幹は枯れているように見えたが、その周囲からいくつかひこばえが出ており、それらがつける黄色の葉から巨木の正体はイチョウだとわかる。

「私が学校の行事で来たときには、もう倒れてた気がするんですよね。昔は大きなイチョウが石段の脇に生えてたけど、強風で倒れちゃった、って先生から聞いた記憶が……」

「巨人の斃《たお》れた場所！」

二人は狛犬《こまいぬ》――もとい、獅子《しし》の前まで戻ってきた。指令書に書かれた通り、獅子《しし》の前で注連《しめ》縄《なわ》に囲まれた場所へ背を向ける。顔が向いた先には何やら神社の施設があるだけだった。

「橋を一つ越えた先にある、って書いてあるから、この境内にはなさそうだね」

「ですね、地図で確認しないと」

コンパスアプリで確認したところ、視線の方角はおよそ南南東だった。

鎌倉十橋のうちで向いた先にありそうなのは「筋違橋《すじかえばし》」のみ。そこから先を見ていくと、すぐに林へと突き当たる。鎌倉を囲む山だ。

「つまり……山の手前のどこかに、『一族の臓腑《ぞうふ》に塗《まみ》れた破滅の地』があるってこと……？」

「あるといいんですけど」

ちかは言いながら、そんなものがあってたまるかと内心思った。行ったら呪われそうだ。

「ちょっと調べてみますね」

と意気込んでみたものの、さすがに「臓腑《ぞうふ》に塗《まみ》れた破滅の地」と調べるわけにもいかない。何か言葉を読み替える必要がありそうだ。しかしちかに、そんな知識はなかった。

「うーん……」

獅子《しし》の前でしばらく考えてみるも、埒《らち》が明かない。ちかはまた焦燥感に駆られる。観光地のただなかにいるというのに、ひとけのない山道で先が途切れてしまったような気分だ。

どこへ行けばいいのかわからない。どうすればいいのだろう。

気づけば、冬音がちかに笑いかけている。

「とりあえず歩いてみればいいんじゃないかな？　方角は決まってるんでしょ？」

「そう……ですね、そうしましょうか」

「レッツゴー～！」

冬音が楽しそうにちかを先導して、南南東へと進んでいく。

若宮大路に入らないよう、鶴岡八幡宮を東側から出た。混雑する南側と違い、東側は学校の脇を通る細い道で、人も少なかった。

歩いている途中に冬音がふと立ち止まった。そのお腹《なか》から、ぐう、と音が聞こえてくる。

「ちーちゃん、提案なんだけど……ちょうど迷っちゃったとこだしさ、お昼にしない？」

「あ、いいですね」

ちかが時計を確認すると、もう一一時半になろうとしていた。鎌倉ほどの観光地ならば、昼時になって店が混む前にどこかで食べておくのがよさそうだ。二人は近くで見つけた蕎麦屋《そばや》へ入ることにした。

鶴岡八幡宮にほど近い「茶織菴《さおりあん》」。古風で雰囲気のある店構えは人気店の風格だったが、ちょうど開いたばかりのようで並ばずに入店できた。温かい天ぷら蕎麦《そば》を注文。

いざ座ってみて、それなりに脚の筋肉を使っていたんだな、とちかは実感した。それだけではなく、今日の遠足はいつもの旅にはない謎解きをすることで脳みその変な部分を使う。体の疲労に加えて頭も疲れてきている気がした。

向かい合って、冬音がちかのことをしげしげと眺めてくる。

「…………？」

「ちーちゃん、今日はいつになく真面目な感じだよね」

「なんか肩に力が入ってるっていうかさ、いつもの旅と違うような」

「……確かに、普段の旅とは勝手が違うかもしれないです。一応、任された役目ですし、謎が解けなきゃ出題者のSさんに申し訳ないという気持ちもあって……」

「そう、ですか？」


ちかの旅が基本的に「ざつ」なことは、同行したことのある人ならばみな知っている。

特に行くスポットを定めず、やることも決めず、宿も大体現地で手配する。すると当然、不運に恵まれることも多い。行ってみたところが休業中だったり閉鎖中だったり工事中だったりという経験は、もう数えきれないくらいだ。冬音と一緒に島根へ行ったときには、猛ダッシュの末に間違ったバスに乗ってしまう事件もあった。

それでも、ちかは「これもまた旅だ」とむしろ楽しむくらいの気分でいられた。ゆいも玉川《たまがわ》上水《じょうすい》を歩いたとき、それこそがちかの強みであり、この依頼への適性だと言っていた。

しかし、手強《てごわ》いどころか意味不明な謎に直面して、気持ちは揺らぎ始めている。

もし今日、謎が解けなかったらどうしよう。何をすればわからなくなってしまったらどうしよう——一度そう考えてしまうと、焦燥感の方が勝ってしまうのだ。

多分それが、今日の鎌倉散歩を心から楽しめない一因だった。

「あのねちーちゃん、それはちょっと、なんというか、そうじゃない気もするよ」

冬音は悩ましげに髪をいじりつつ、テーブルに置かれた指令書を手に取った。

「ほら、この怪獣の討伐指令。このお話は、フィクションじゃないと思うんだよね」

「へ？」

ちかは拍子抜けした。屍《しかばね》の怪獣という話が、フィクションでないとは思えなかったからだ。

「うーん……」

ちかに伝える言葉を考えているのか、冬音が髪をぼさぼさにする。

「問題を作った人は小説家さんなんでしょ？　物語って、焦《あせ》ったり不安になったりするためのものじゃなくて……出題者さんはこんな怪獣の話をわざわざちーちゃんに届けたかったわけだから、ちーちゃんにそんな真面目に悩んでほしかったわけじゃないはずで……えーっと……」

そこまで言ってもらってようやく、ちかは冬音の言わんとしていることを察した。

「そっか……」

この指令書は、フィクションではない。

少なくとも出題者は、これをフィクションとして処理してほしいとは思っていない。

これはごっこ遊びなのだ。

指令書には怪獣を討伐せよと書かれているのだから、ちかは怪獣を討伐している気持ちになって、この体験を楽しむべきなのだ。出題者はそれを望んでいる。

そう気づいた途端に、ちかはふっと体が軽くなったように感じた。全身に巻きついていた焦《あせ》りやらプレッシャーやらといった鎖が、冬音によって断ち切られたような気分だった。

「ふゆねぇ、ありがとうございますっ！」

「え、今ので伝わった……？」

「ばっちり！」

ほどなくして海老天《えびてん》を二つのせた蕎麦《そば》が到着し、二人は夢中になって啜《すす》った。すっきりとした味の出汁《だし》に天ぷらの衣が柔らかくほぐれ、口の中でふわふわと遊ぶようだ。朝から秋の山を歩いた体に、温かい蕎麦《そば》はとてもよく効いた。

地元のことは地元の人に訊《き》いてみる、これがちかの旅の心得だ。店を出て南南東へ向かう途中で、ちかは元気な柴犬《しばいぬ》を散歩させている優しそうな老婦人に声を掛けた。この辺りに一族が破滅した場所なんてあったりしますか、というようなことを、しどろもどろになりつつ質問する。

老婦人は少し悩んだ。心当たりがないのではなく、ありすぎるというのだ。

鎌倉には族滅の地がたくさんあるらしい。

「この近くだと、妙本寺《みようほんじ》か東勝寺《とうしようじ》あたりですかねえ……」

「ありがとうございます！」

いくつか候補が得られただけでも御《おん》の字《じ》だ。二人は深々と頭を下げて、柴犬《しばいぬ》を少し撫《な》でさせてもらってから老婦人と別れた。

調べてみると、妙本寺というのは、権力争いで北条氏と対立した比企《ひき》氏の屋敷跡《やしきあと》に創られたお寺だという。比企氏はその屋敷《やしき》で北条氏により滅ぼされ、この地で弔われた。

一方の東勝寺は、正確には東勝寺跡という名だった。つまり建物はもうないのだ。ただ、国指定史跡になっているらしい。こちらはなんと鎌倉幕府滅亡の地だという。一三三三年、鎌倉に攻め込んだ新田義貞《にったよしさだ》らによって屋敷《やしき》を焼かれた一四代執権の北条高時《ほうじようたかとき》がここへ逃げ込み、一族郎党もろとも自害したと伝わる。

恐ろしいことに、二つはほんの数百メートルしか離れていない場所にあった。

「鎌倉、こわいところ……」

「いっぱい血が流れたんだね～」

中世の恐ろしさを実感しながら地図を確認してみる。

南南東という条件を加味すると、どうやら東勝寺跡の方がふさわしそうだった。加えて、鎌倉幕府の初代執権は、政子の父で実朝の祖父にあたる北条時政《ほうじようときまさ》。その後の執権も代々時政の子孫が務めてきた。実朝暗殺の現場の次に訪れる地としてはこちらに軍配が上がる。

ここまでわかれば話は早い。

「行ってみましょう、東勝寺跡！」

「レッツゴー～」

東勝寺跡は、蕎麦屋《そばや》から歩いて五分ほどのところにあった。住宅街を奥へ入っていった場所で、またしても周囲には誰もいない。何もない大きな草地がフェンスに囲まれているだけなので見るものは少なかった。ただ、斜面にありながら地面が平らになっている点から、そこに建物の敷地《しきち》があっただろうことは推測できる。

ここで、北条一族が自害したのだ。

臓腑《ぞうふ》に塗《まみ》れた、というのは、ここで腹を切ったということだろう。その証拠に、少し進んだ先には「高時腹切りやぐら」というものがあるようだった。やぐらには落石のため近づくことができなかったが、近くに立てられた石碑を読むことができた。

一族門葉八百七十餘人《よにん》ト共ニ自刃《じじん》ス

そんな一節を目にして、ちかは指令書を取り出す。

八百という数字に心当たりがあったのだ。

破滅の地にて八百の霊にカヴァネラの鎮静化を祈念せよ。

たくさん、という意味ではなくてまさか本当に八〇〇だとは思わなかった。

「間違いないみたいです。ここで怪獣の鎮静化を祈念するんですね」

二人そろってフェンス越しに東勝寺跡と向かい合い、手を合わせる。流れてきたあまりにもたくさんの血を想像し、自然と祈りの気持ちが湧いてくる。

もうこんなに悲しいことが起こりませんように――静かにそう願った。


戻ることなく先へ進んで天に近づけば、頂の円盤より怪獣の口が一つ見える。


東勝寺は山へと入っていったところにある。一本道の突き当たりだ。戻ることなく進むとすれば、それは山の方へと登っていく「祇園山《ぎおんやま》ハイキングコース」へ行くしかなかった。

ハイキングコースは高時腹切りやぐらの脇を通って裏山へと分け入っていく山道のようだ。入口に簡単な地図が掲示されていた。裏山を登った道は尾根伝いに南へ向かい、比企一族を弔う妙本寺の裏を通過して、山の南端にある見晴台《みはらしだい》まで続いていた。

「多分ですけど、この見晴台まで行けば、怪獣の体内から脱出できる口がわかるようになってるんだと思います！」

「そ、そうだね……」

行く先は急な登り坂だ。冬音は悲鳴混じりの声で同意した。

「さあ行きましょう！　怪獣を倒しに！」

冬音からモチベーションをもらったちかは、迷わずハイキングコースへと突き進んだ。

本日二度目の山登りだ。

ハイキングコースは、建長寺から十王岩へと向かったときを上回るほど本格的な山道になった。まさか鎌倉に来て二度もこんな山の中を歩くことになるとは思ってもみなかった。

ちかは歩きながら、指令書の最後にあった注意書きを思い出す。


土や砂の上を歩く可能性がある。歩きやすく汚れてもよい靴で戦いに挑むこと。


ふふふ、と思わず笑いが漏れてしまう。普通に鎌倉を観光するつもりで来てしまったら、確かに困るだろう。

今日は怪獣を倒しにきたのだ。山道は冒険の旅路だ。

山に入ってしばらく行くと案内板があった。高時腹切りやぐらから五〇メートル離れ、そして見晴台までは一・二キロメートルあると表示されている。

「いっ、一・二キロ……！」

冬音が身震いした。

「おお、歩きがいがありますね！」

「お手柔らかに……」

山道はひたすらに続いていく。だがいったん登ってしまえば、あとは緩やかな尾根道がほとんどだった。普段の旅で鍛えているとはいえ、インドア師弟二人にはありがたかった。

「どんな山登りをさせられるか心配したけど……気持ちいい道だね～」

「私、人混みよりこっちの方が好きかもです」

「そうかも～」

すっかり森の奥という雰囲気だ。鎌倉の中心部から一〇分ちょっとしか歩いていないという現実がちかにはなかなか受け入れられなかった。豊かな自然が左右に広がるが、木々の隙間からたまに現れる住宅街が、ここが生活のすぐ近くにあるということを知らせてくれる。

キョキョキョキョ、とリスの鳴き声が聞こえる。南に向かっているので木漏れ日が顔に差してくる。黄色に染まった木の葉が陽光を受けて透き通るように輝いている。

トレイルランニングの練習をしているのか駆け足で来た人とは一度すれ違ったが、それ以外に人の気配はなかった。途中で急坂もあったりして、少しずつ休憩しながら進んでいく。

その途中のことだった。

後ろの方で何かがちらりと光るのを、ちかは視界の端に感じ取った。振り返ると、冬音も首を傾《かし》げて来た道を見ている。

「今、何か光りました？」

「そうかも……あ、また！」

山道の向こうの方で、確かに何かがきらりと明るく輝いた。

「なんでしょう……」

「なんだろうね～」

しばらく立ち止まってその方角を見ていたが、光はもう見えなかった。

「もしかすると私たち、何か連れてきちゃったのかな……」

「あははは、まさか」

そう笑って道を進んだちかだが、何かの気配を背中に感じずにはいられなかった。

これはファンタジーだが、フィクションではない。

屍《しかばね》の怪獣を斃《たお》しにいくのだから亡霊くらいは覚悟しよう、とちかは思い始めていた。

見晴台に到着すると、木々に遮られて見えなかった景色が、そこで突然ぱっと開けた。

「うわああ！」

「おぉ……」

これまでの苦労を吹き飛ばすくらいの光景だった。

目の前に広がるのは鎌倉の海岸線。ちかもその名前を知っていた。「由比ガ浜《ゆいがはま》」だ。鎌倉の街へと弓なりに食い込んだ海が、南の空に輝く晩秋の太陽を眩《まぶ》しいくらいに反射している。

木がなくなってU字に開いた自然の窓から、街と海の境目が一望できる。そしてその窓の手前に、金属の円盤が嵌《は》め込《こ》まれた石の台が置かれていた。ここで間違いない。円盤には鎌倉市の概形と、東西南北、そして富士山《ふじさん》や伊豆大島《いずおおしま》など主だったランドマークが刻まれている。

頂の円盤より怪獣の口が一つ見える。逆鱗《げきりん》はその喉元に隠されている。

遂《つい》に答えが近づいてきた。木々に切り取られて見える風景は、その方角が限られている。

地図を取り出して、七口のうち該当するものを探す。

出口はすぐに見つかった。

「『極楽寺切通《ごくらくじきりどおし》』です！」

由比ガ浜の反対側、鎌倉の街の西の端に位置する切通《きりどおし》だ。鎌倉を囲む山はその辺りで海へと突き出しており、「稲村ヶ崎《いなむらがさき》」と表記がある。見晴台からも海辺に切り立った崖が見えた。極楽寺切通は、その稲村ヶ崎の根元の辺りにあるようだ。

「ちょ、ちょっと遠いね……」

「あと一息ですよ！　ここから三キロくらいです」

「そっか、三キロなら、まあ……？」

さんざん山道を歩かされ、距離の感覚がバグってきている冬音だった。

見晴台から下っていくと神社に出た。本当にこんなところを通っていいのか、と思える狭い道を通過し、鳥居の脇をすり抜けて境内に入る。「八雲神社《やくもじんじゃ》」だ。厄除《やくよ》け祈願《きがん》の赤いのぼりがいくつも並んで二人を出迎えた。

ハイキングコースの地図が掲示されているから確かにここが出口でよさそうだったが、それでも不安になるくらい目立たない抜け道だった。実際、拝殿の前に立ってみると、その横にコースの入口があるなんてとても思えない。秘密の通路から人間の世界に戻ってきたような感覚になって、ちかは少し面白かった。

失礼しました、とお参りをしてから、二人は極楽寺切通を目指す。

・

社を通って下界に降り、ただちに逆鱗《げきりん》を目指せ。

指令書のメッセージは単純明快だった。次は極楽寺切通から鎌倉を出ればいいのだ。

ただ、一つ忘れてはならないのは、若宮大路に入ってはいけないというルールだ。

八雲神社は鎌倉の東側、極楽寺切通は鎌倉の西側にある。普通に行こうとすれば若宮大路を突っ切ることになるが、それをするとカヴァネラに気づかれてしまう。

由比ガ浜から鶴岡八幡宮まで鎌倉の街を縦断する若宮大路を通らず西へ行くには、鶴岡八幡宮まで戻るか、由比ガ浜を通るしかない。鶴岡八幡宮まで戻るのはかなり遠回りだったので、南回り、由比ガ浜を通ることで若宮大路を避けるルートを選んだ。

実際に歩いてみると、できるだけ遠回りはしたくないという気持ちと、若宮大路へ入ってはいけないという制約とが、微妙に衝突した。

ショートカットしようとすると道は若宮大路へと出ようとするし、若宮大路に入らない道を選ぶと最短経路から離れていく。

普通の観光では通らないような住宅街を縫うように歩いて、二人は由比ガ浜に到着した。

戸建ての並ぶ風景が突然ぶつりとなくなったかと思えば、道の先に明るい空が見える。海岸沿いの道路をくぐるトンネルを抜けると、そこは白い砂浜の広がるビーチだった。

もう寒い季節だというのにたくさんの人の姿が見える。さすがにサーファーくらいしか海には入っていなかったが、きれいな波打ち際《なみうちぎわ》では子供たちがはしゃいでいた。

せっかくだからと砂浜を歩いて、二人は西へ向かう。

のんびり散策しながら、ちかは先日ゆいに教えてもらった豆知識をふと思い出す。

「そういえばふゆねぇ、由比ガ浜の辺りからは、夥《おびただ》しい数の人骨が出土したらしいですよ」

「え、そうなの？」

こんなにのどかな場所なのに、という響きが冬音の声には混じっていた。

「もともと埋葬場所として使われていたのと、鎌倉攻めで亡《な》くなった人をまとめて埋葬したのとで、たくさんの人骨がどばっと見つかるそうです。数千人分はあったとか……」

文字のメッセージだったが、ゆいの興奮気味な口調がよく伝わってくる解説だった。

「体表を屍《しかばね》の山に守られた怪獣……」

冬音は興味深そうに呟《つぶや》くと、両手で髪をもしゃもしゃといじり始めた。その脳内で巨大な怪獣が立ち上がっているのがちかにも伝わってきた。

これまで巡ってきた場所を思い返す。北鎌倉には、かつて処刑場だった谷と、冥府の王の眠る山があった。西側の山には立派なやぐらがあり、北条政子や源実朝の墓塔が置かれていた。東側の山には族滅の地が並び、南の海岸には数千の骨が埋まっている——

四方をそんな場所に守られた、まさに屍《しかばね》の怪獣だ。

由比ガ浜を西へ西へと歩いていくと、やがて砂浜の終わりが見えてきた。稲村ヶ崎の周辺は切り立った崖になっており、海岸を通ることができないのだ。

体表に見える血の色が白から純な漆黒へと変わる場所に逆鱗《げきりん》は埋まっている。胃を攻撃して口を開き、カヴァネラの体内より脱出せよ。

前半部分はまだよくわからなかったが、後半はちかにもすぐ理解できた。

極楽寺切通へと入る場所に、鎌倉十井の一つ「星《ほし》の井《い》」がある。そこを通ればいいのだ。

砂浜からいったん離れて、街の方へ少しだけ戻る。星の井は虚空蔵菩薩《こくうぞうぼさつ》という仏様が祀《まつ》られたお堂の前にあった。丈の低い井戸の上に四角い屋根が置かれている。

説明板によると、星の井はかつて星月夜の井とも呼ばれていたらしい。昔、この周辺は木が茂っていて昼でも暗く、井戸を覗《のぞ》くと昼でも星が輝いて見えた、という伝説があるそうだ。

「すごい！　漫画の設定に使えそう～！」

「ファンタジーですね」

ちかは想像する。

ここは生暖かく真っ暗な場所。怪獣の胃の中だ。奇妙なことに、胃の壁は土蛍のように点々と光っている。間違いない。ここを刺激すれば怪獣は口を開けるのだ。

『せーのっ！』

脳内で、冬音がちかの手を取った。息を合わせてジャンプする。できるだけ乱暴に着地すると、足元の粘膜がぐにゃりと嫌な感触とともに歪《ゆが》んだ。ごう、と低い唸《うな》り声《ごえ》が轟《とどろ》く。

効いた！

上方に強い光が現れる。出口だ。怪獣が口を開けている。二人は手を取り合ったまま、希望の光を目指して駆け上がる――

気づけば冬音が本当にちかの手を引いている。二人は心なしか駆け足で切通に入った。

整備された車道の左右にコンクリートの壁が切り立っている。亀ヶ谷坂と違ってまっすぐな道だった。緩やかに登っていく先に、黄色っぽく色づき始めた空が見える。

「地獄から入って、極楽に出るんだねぇ」

冬音の言葉で、ちかは最初に立ち寄った建長寺がかつて地獄谷と呼ばれた場所にあったことを思い出した。地獄から始まり、極楽に至る冒険。

あとは、最後の謎を解くだけだ。


体表に見える血の色が白から純な漆黒へと変わる場所に逆鱗《げきりん》は埋まっている。


この比喩が何を意味するのかはまださっぱりわからなかったが、きっと、なんとかなるだろうと思えた。二人は切通を抜けると、江ノ電極楽寺駅前《えのでんごくらくじえきまえ》でいったん足を止めた。

「体表に見える血の色が、白から純な漆黒へと変わる場所……」

ちかが読み上げると、冬音はいつもの癖で髪をもしゃもしゃにした。

「体表……私たちはたった今、怪獣の口から出てきたところで……喉元……」

髪をいじる手が止まった。

「体表ってことはさ、もしかすると、海なんじゃない？」

「海、ですか？」

「だって白かったよね、砂浜！」

ああ、とちかは納得した。体表を屍《しかばね》に守られた怪獣。人骨の埋まった由比ガ浜。

血の色——地の色。

静かな住宅地を抜けて、二人は近くの海岸へと向かった。狭い道を抜けていくと再び視界が開け、海岸線を走る車道に出た。横断歩道の信号に地名が記されている。

稲村ヶ崎

鎌倉の西端、海へと突き出た岬が街を守っている。横断歩道を渡って海岸に出ると、その岬の上に整備された公園があった。公園からは鎌倉の街とは反対方向の西側がきれいに見渡せ、海に浮かぶ江の島《えしま》、そして遠くに箱根の山々と富士山のシルエットまで望むことができた。

ここまで来て、二人は忘れかけていた一つの疑問に対する答えを得る。

「『シン・ゴジラ』だ！」

亀ヶ谷坂切通を通過した先、横須賀線のガードをくぐったときに覚えた既視感。そしてこの稲村ヶ崎から海を見たときの景色。

どちらも、二〇一六年にヒットした怪獣映画のロケーションだ。

東京に現れパニックを引き起こしたゴジラは、一度海に戻るとさらに巨大化して相模湾《さがみわん》に姿を現し、鎌倉から上陸して首都圏を蹂躙《じゅうりん》した。その再出現を映したのがこの稲村ヶ崎だ。

「なんだか正解に近づいてる気がするね～」

「怪獣繋《つな》がりですね！」

ビュースポットなだけあり、斜面になった公園には冷たい海風にもかかわらずたくさんの人がいた。座って海を眺めるカップル、はしゃぎ回る子供たち、波打ち際《なみうちぎわ》で写真を撮る学生。そして怪獣の息の根を止めにきたちかと冬音。

公園の隅に石碑が立っていた。ちかはそこに新田義貞の名を見つける。

一三三三年の鎌倉攻めで、彼はこの稲村ヶ崎から鎌倉に侵入したという。伝説によれば、守りが固い切通を突破できなかった義貞は、刀を稲村ヶ崎の海に投げ入れて海神に祈った。すると潮が引き、軍勢は海伝いに鎌倉へと攻め込むことができたそうだ。

結果、鎌倉幕府は滅亡した。

巨大怪獣カヴァネラの息の根を止めるために武器を突き立てる場所として、この稲村ヶ崎の海ほどふさわしい場所はないように思える。

二人は階段を使って海まで下りた。稲村ヶ崎の岩肌は真っ白だ。黒い鵜《う》がその切り立った崖に寄り掛かるようにして羽を休めている。

「白から純な漆黒へと変わる場所……」

呟《つぶや》きながら探していくと、ちかは脳にびりりと電撃が走るような衝撃を感じた。

「ふゆねぇこっち！　こっち来てください！」

冬音を呼び寄せて地面を指差した。

白い岩肌の隙間に入り込むようにして、波打ち際《なみうちぎわ》には真っ黒な砂が積もっているのだった。

どういうわけか、江の島方面へと続く海岸線には驚くほど黒いビーチが続いている。真っ白だった由比ガ浜とは対照的だ。

「どうして黒いんだろう」

「わからないですけど……これ、多分正解ですよね！　砂が白から黒に変わってます」

西に傾き始めた太陽の光を反射して、黒い砂は星をちりばめたかのごときらきらと輝いていた。昼でも星が見えたという、星の井のように。

「怪獣にばれないように歩かなかったら、気づけなかったかもねぇ」

「確かに、そうですね」

冬音の指摘で、ちかは「若宮大路を通るな」という指令の意味をようやく理解した。

若宮大路を横切るように来れば、由比ガ浜を見ずにここまで辿《たど》り着《つ》いてしまう可能性があった。しかしカヴァネラに気づかれないよう道を選ぶという条件が加われば話は変わる。鎌倉を二分する若宮大路を避けるため、二人は由比ガ浜の白い砂を踏まざるを得なかった。

海岸の砂の色を見てから鎌倉を脱出するように、経路が誘導されていたのだ。

ちかはいよいよ、今日の謎解きが終わりに近づいているのを感じた。

⑧逆鱗《げきりん》の隠された漆黒の喉元に、支給した武器を突き立てよ。沈静化したカヴァネラはその一撃によって絶命する。

最後の謎は、いかにして怪獣を斃《たお》すかだ。

東勝寺跡で祈りを捧《ささ》げ、恐ろしい怪獣は沈静化したはずだ。あとはその逆鱗《げきりん》に武器を突き立てるだけ。逆鱗《げきりん》の位置はわかった。さて、「支給した武器」とはなんなのか？

「渡されたものは、一応、全部持ってきたんです」

そう言って、ちかは豚の貯金箱と、子豚の貯金箱と、封筒に入った手紙をリュックから取り出した。加えて今日何度も見てきた指令書も。

「そのどれかを、この砂に突き立てる……ってこと？」

「さあ……」

それで何が起こるのだろうか。例えば豚の貯金箱をここで地面に突き立てたところで、海水混じりの砂で汚れてしまうだけだろう。おそらく、何かの比喩なのだ。

「時間はあるし、ゆっくり考えてみようよ」

「そうですね」

ざぶざぶと小さな波が打ち寄せる浜辺で、二人は歩き回りながら考える。

「『鉄の井』っていう名前が、ヒントになるんだよね？」

「そのはずです、意味はわからないけど……」

「くろがねのい……くろ、がねのい……く、ろがねのい……くろが……」

冬音は髪をいじりながらぶつぶつ考え始めた。ちかはぼうっと周囲を見渡す。

漆黒の喉元に、支給した武器を突き立てよ……。

そのとき、波打ち際《なみうちぎわ》にしゃがんで地面を観察している少女がいることに気づいた。ポニーテールの上から帽子を被《かぶ》り、首には双眼鏡がぶら下がっている。何かを調査している様子で、ともすれば不審なくらいだった。

ちかはふと、ブラタモリで鉄板となっている演出を思い出した。その道の専門家が行く先々で待ち構えていて、頑張ってクルーを無視しながら、道端で何かをじっと観察しているのだ。明らかに怪しい様子のそれをタモリさんが発見し、声をかけ、合流する。

この謎解き旅に限ってはそんなことなど起こり得ないはずだが、思えば玉川上水のときにもたまたま似たような前例がある。井の頭《いのかしら》街道《かいどう》の石碑を眺めていた金髪の少女に話しかけて、謎を解くきっかけとなるひとことをもらったのだ。

「何か、調べてるんですか？」

思い切って訊《たず》ねてみると、帽子の少女は見知らぬ人に突然話しかけられる準備ができていなかったようで、驚いた様子で砂の上に尻もちをついてしまった。

「あ、ごめんね、大丈夫？」

「だっ」

「だ……？」

「──大丈夫です！」

あたふたと起き上がる少女。その手には透明なビニール袋が握られていた。ちかの視線の動きを察したのか、少女はそれを見せてきた。

「相模湾のどこかに――」

突然何を言い出すかと思えば、少女は袋の中からボタン電池のような金属を取り出した。

「海底のどこかに、磁鉄鉱を多く含んだ地層があるみたいなんです。海流の関係で、特にこの辺りに多く流れ着くようで」

少女は金属を再び袋に入れて、そのまま砂の上に置いた。袋を持ち上げると、金属の周りに黒い砂がウニのようにくっついていた。

「これ、ネオジム磁石です。この付近の砂鉄は特に純度が高くて、こんなにごっそりと――」

「それだ！」

訊《き》いてみるものだ。ちかは重ね重ね礼を言って頭を下げてから、相変わらず髪をぐしゃぐしゃにしている冬音のもとへと戻った。

「砂鉄ですっ！　この黒い砂、『鉄』なんです！」

呆気《あっけ》にとられた様子の冬音を前にして、ちかは豚と子豚の貯金箱を砂の上に置いた。

「砂鉄だから、磁石にくっつくんですよ！」

豚と子豚を両手でころころ転がして、砂浴びさせる。

「その豚さんに砂鉄がくっつくってこと……？」

「それで何かが浮かび上がってくるんじゃないでしょうか！」

まず大きな豚の方を確認する。こちらは砂まみれではあったが、全体の汚れは均一だった。

次はその中にあった子豚の方だ。側面に崎玉で解いた四行の暗号文が書かれている。

それを持つ指に、ざらりとおかしな感触があった。裏側に何かがある！

震える指で子豚をひっくり返すと、「それ」は見つかった。

「あった……！」

子豚の体表には、黒い砂が他の場所よりたくさんついている部分があった。だいたい正方形だ。余計な砂を振り落としてみると、それはよく見たことのある形になる。

「わあ、ＱＲコード！」

冬音も嬉《うれ》しそうに声を上げた。子豚の体には、ＱＲコードの形に配置された磁石が器用に隠されていたのだ。その形に合わせて黒い砂鉄が付着して、可視化された。

さっそくスマホを取り出し、そのＱＲコードを撮影してみた――読み取れる！

これで正解だ。そう確信したとき、ごう、という音が低く轟《とどろ》いた。大きな波が稲村ヶ崎にぶつかり、派手に砕けたのだ。砂浜にも海水が押し寄せ、二人は靴を濡《ぬ》らさないよう慌てて避ける。特別大きな波だったらしい。

ちかにはそれが、怪獣の体が海へと倒れた余波のようにも思えた。

「なんとか倒せましたね……怪獣」

「うん！　討伐完了～！」

安堵《あんど》しながらちかは改めてスマホを見る。リンクのドメイン名は「dengekibunko.jp」だ。読み込むと、白い背景に黒い文字と四角い入力窓が配置された簡素なページが表示される。

「三日月の没した地で広き心が水を湛《たた》える……」

一行目だけ読んだ段階で、ちかはまだ謎が終わっていないことを悟った。

でも今日は、そろそろ終わりにしていいだろう。


「お湯が黒い！」

「ほんとに真っ黒ですね！」

近くにあった「稲村ヶ崎温泉」という日帰り入浴施設に、二人はつい吸い込まれていた。

相模湾を眺めながら広い浴槽に浸る。お湯はモール泉。太古の植物が堆積した地層を通ることで暗い焦げ茶色になった温泉だ。植物由来の、黒豆や腐葉土を思わせる甘いにおいがする。ほどよい温度のお湯はとろりと柔らかく、鎌倉を東西南北歩き回った脚を癒《いや》してくれた。

「いや～、冒険を終えた後の温泉は最高だね～……」

「ですねえ……手強《てごわ》い相手でした」

もうじき夕方だ。空に複雑な色が混ざり始めるのを、黒いお湯の中から見つめる。

「どんなに大きな怪獣でもね、ちーちゃんならきっと倒せるはずだよ」

冬音がのんびりと言った。

「だから躓《つまず》いても、焦《あせ》らなくて大丈夫。上手《うま》くやろうとして上手くいかないときは、どうすれば楽しくやっていけるかだけ考えてみるのもいいんじゃないかな」

「……はい」

今日の長い散歩を思い返しながら、ちかはもらった言葉を噛《か》み締《し》めた。

帰路は、稲村ヶ崎駅から江ノ電を使った。謎を解いているうちにざっくり一五キロくらい歩いていたらしい。へとへとになった冬音を見て、ちかはJRの通る鎌倉駅まで歩いて戻ることを断念した。温泉にも入ったことだし、もう電車で帰るのがいいだろう。

稲村ヶ崎駅には、この時間、鎌倉行きと藤沢《ふじさわ》行きの電車がほぼ同時に到着するようだ。せっかくならと往路とは違うルートを選んで、二人は藤沢から小田《お だ》急線《きゅうせん》で帰ることにした。

黄色と緑が特徴的な車両に乗り込み、海側のシートに座る。稲村ヶ崎駅を出発した電車は建物の間をすり抜けるように走って、やがてするっと海沿いに出た。近くにいた外国人観光客がおお、と歓声を上げ、スマホで車窓の写真を撮り始める。

ちかと冬音もそれにつられて振り返り、夕景に目を奪われた。

海が広い。江の島の方へと傾いていく太陽が赤く色づき、空をパステルカラーに染めて、紺色のまっすぐな水平線を際立《きわだ》たせていた。

怪獣は倒れ、戦の時代は終わり、今や鎌倉は関東でも屈指の観光地となっている。

第四章☀暗号の城

第四章　暗号の城

「お酒はだめですからね！　今日は謎を解かなきゃいけないんです！」

「ひらめきが必要な状況では、ほろ酔いくらいがちょうどいいこともあるよ」

「いえそもそも、こんな東京のど真ん中で朝からお酒を飲んでたら変ですから！」

「変かな」

「変です」

鎌倉《かまくら》を訪れた翌週、ちかは冬音《ふゆね》の友人である先輩漫画家と二人で待ち合わせをした。

天空橋《てんくうばし》りり。少女漫画を連載するクールな女性であり、ぎりぎり健全な範囲で日本酒にとり憑《つ》かれた愉快な酒好きだ。ちかは冬音の紹介で、彼女のヘルプアシスタントをしている。冬音が鎌倉のことを話していたらしく、原稿を手伝っていた際、もしよければ続きを手伝わせてくれないかと申し入れがあった。そういうわけで、今日は二人で謎を解くことになっている。

これまでの謎ではだいたいどういうルートを行けばいいのか最初に見当をつけることができたが、今回はスタート地点の情報しかない。鎌倉で得たＱＲコードを読み込むことで表示される文章を解読すると、ある一つの場所が浮上するのだった。

【第一の謎】

三日月の没した地で広き心が水を湛える
静かな水面は東西を分けた石垣を映し
その畔では北と南が隣り合う
北の石板に刻まれた暗号を解読せよ

第一の鍵
▼
四桁の数字

ちかとりりはそれぞれのスマホでリンクを読み込み、この謎を表示させていた。

「しかしまあ、後輩ちゃんはよくこれだけの情報から場所を特定したね」

「いやもうほんとすごい子なんですよ」

今回の謎を解くためには、割とマニアックな日本史の知識が必要だった。しかしその程度のハードルは鵜木《うのき》ゆいの敵ではなかったようだ。例のリンクを送ってみたところ、あっという間に謎を解いてしまった。

――わかりました、わかりましたよ！

よほど嬉《うれ》しかったのか文章で二度も繰り返していた。どこか訊《たず》ねるとヒントが返ってくる。

――先輩がよく行く駅からすぐのところです。心の形をした「あるもの」があって
――あ、南北ってこのことなんですね、すごい！

ゆいは検索して独り合点《がてん》がいったようだ。さらにヒントを求めるとすぐに送ってくる。

――私は「三日月」という言葉でもしかするとと思ったんです。有名な武将のことですよ！

――東西っていうのはもちろん方角のことでもあるんですけどこれは関ヶ原《せきがはら》のことでもあると思いますね。二重の意味で東と西を分けていたんです！

文字だけでも早口なのが伝わってきた。

「じゃあ関ヶ原に行けばいいってこと……？」

呟《つぶや》きながら同じ内容を送ると、またすぐに長文の返信が来る。

――関ヶ原では東軍と西軍に分かれたわけですがそのとき家康側《いえやすがわ》についた東軍の武将は譜代大名《ふだいだいみょう》になり三成側《みつなりがわ》についた西軍の武将で関ヶ原後に徳川家《とくがわけ》に臣従したものは外様大名《とざまだいみょう》になりましたよね。これがまさに東と西ということです！

ちかは歴史に弱かった。なんとなく譜代と外様という言葉は聞いたことがあったものの、それを分ける石垣などに心当たりはない。

――大名屋敷《だいみょうやしき》です！

わからないという意味のとぼけたスタンプを送ると、補足説明が送られてくる。

――三日月から連想される武将の終焉《しゅうえん》の地が、大名屋敷を譜代と外様とで東西に区切っていた石垣のすぐそばにあるんです！　該当するのはここしかありません！

がんばってください、と応援するスタンプを送られて、ちかはそこから先を一人で調べてみることにした。頼れる後輩も、頼りすぎてはいけない。

こういうときはGoogle先生に頼る。

まず「三日月　武将」と検索してみると、ちかもよく知る名前が出てきた。伊達政宗《だてまさむね》だ。

「そっか、そういえば頭のあれが三日月じゃん」

頭のあれとは、兜《かぶと》の前立てのこと。大きな三日月のシルエットは誰もが知るところだ。調べてみると伊達政宗は、江戸にある伊達家の上屋敷《かみやしき》で病没したという。

そして、今その場所は皇居――江戸城にほど近い公園内にあると書かれていた。

いつもの旅の起点となる東京駅で待ち合わせ、ちかとりりは丸の内《まるうち》の高層ビル街を歩いていく。石とガラスで組み上げられた風景はいかにも都会という感じで、とてもおしゃれだ。

大人っぽいコートを着込んだりりの姿は、洗練された丸の内の空気によく似合っていた。

「そう思う？　嬉《うれ》しいな」

ちかは黙って見ていただけなのに、りりは心を読んだかのように言った。

「え、何も言ってませんけど」

「私のこと丸の内っぽいって思ってなかった？」

「ちょっとだけおもってました……」

「ふふ。ちかちゃんは表情がわかりやすくて可愛《かわい》いね」

「そんなことないですっ！」

ビル群を抜けると濠《ほり》が見えてくる。道路の脇にいきなり水面と石垣が現れる風景にはどこか非日常感があった。そこから少し南の方へ歩くと、目的の公園に到着する。

日比谷公園《ひびやこうえん》

東京駅や江戸城、そして霞ヶ関《かすみがせき》に囲まれた一等地にある由緒正《ゆいしょただ》しい都立公園だ。明治時代、西暦一九〇三年の開園。日本初の近代的な洋風公園であり、木々の茂る静かな緑地に、噴水や図書館、野外音楽堂など文化的な建造物が点在する。

酒がないと口が足りないというりりは、道中でコーヒーショップに立ち寄り、二人分のホットコーヒーをテイクアウトしていた。肌寒い風が吹く中、二人はコーヒーの入った紙コップで手を温めながら公園を探索することにした。

譜代と外様を分ける石垣は、すぐに見つかった。

「りりさん、これ！」

東京駅方面から公園に入ってすぐのところに、どすんと石垣が立ちはだかっていた。傍《かたわ》らに説明板が立っている。その名も「日比谷門跡《ひびやもんあと》」。

明治四年に撮影された門の写真まで紹介されていた。一六一四年に熊本藩主加藤忠広《かとうただひろ》によって石垣が築造され、一六二八年に仙台藩主伊達政宗によって門の石垣が構築されたという。現在公園に残っているのはそれらの一部だ。

「なるほど、江戸城の中心部は東側にある。日比谷門より内側の東には譜代大名の屋敷《やしき》が並んで、外側の西には外様大名の屋敷《やしき》が並んでいたということだね」

などと言いながらコーヒーを飲むりりは、なんだか探偵みたいでかっこよかった。

「そう思う？」

「何も思ってません」

悔しくなったちかは、石垣に隣接した池の方へと歩く。その池の名前を見て、暗号に書かれていた「広き心が水を湛《たた》える」の意味がきれいに理解できた。

心字池《しんじいけ》

「これ、『心』の字を崩した形の池なんですね」

「水を湛《たた》えた心というわけだ」

公園が整備される前は濠《ほり》だったという。池の水面は文章通り日比谷門の石垣を映している。

「その畔《ほとり》では北と南が隣り合う……北の石板に刻まれた暗号を解読せよ」

ちかはスマホを開いて続きを読み上げた。

「北と南が隣り合うというのは奇妙な表現だね」

「池を一周してみましょうか」

歩いていくと、道の端に「仙台藩祖伊達政宗終焉《しゅうえん》の地」と書かれた説明板があった。江戸参勤中の一六三六年五月、政宗はここで七〇年の生涯を閉じたという。

心の輪郭をなぞって曲がりくねった道を進む。途中、柵が途切れて池へと近づける場所があったので入ってみた。水に半分浸《つ》かるような形で、大きく平らな黒っぽい岩が置かれている。

「これとかどうでしょうか。平らですし、石板って言えるかも」

「ううん……何か暗号っぽいものがあればそうかもしれないけど」

「端っこに、漢字の『不』みたいなマークが刻まれてます」

それは人為的に彫られたもののようだった。だが一文字だけで、暗号というよりは記号だ。

一応写真だけ撮っておき、先へ進むことにする。

問題の「北と南」は、ほどなくして見つかった。

「な、なんじゃこりゃ！」

見つけた瞬間、ちかは素っ頓狂な声を上げてしまった。それはまさしく暗号。縦長の石板に絡《から》まった渦巻のような線が描かれ、その間に解読不能な記号がずらりと並んでいる。

説明板によると、これは北極航路開設一〇周年を記念して寄贈されたものだという。ヴァイキングの古代北欧文字碑を模しているそうだ。

すぐ隣には、南極観測船「ふじ」が持ち帰った南極の石が置かれていた。まさに北と南、北極と南極が隣り合っている。関ヶ原《せきがはら》で分かれた東西を隔てる場所に北と南を象徴する石が配置されているのが、ちかにはなんだか面白く思えた。

「東京のど真ん中にこんな暗号が転がってるなんて思いませんでした……」

「興味深いね。解読のしがいがありそうだ」

そして二人は、難解な暗号と対峙《たいじ》する――

健脚な読者への挑戦状（4回目）

自力で謎を解いてみたいという気概があり、東京都の日比谷公園を訪れる機会がある方へ。

これにて第四章における謎がすべて出揃《でそろ》いました――と言いたいところですが、今回は少し特殊な形となります。豚を開いたら子豚が出てきたように、第一の鍵を入力すると、第二の謎が現れる仕組みになっているのです。

第一の鍵の答えは二三四ページに、第二の謎は隣の二三五ページに書かれています。

現段階で現地を訪れるなどして第一の鍵を手に入れることができた方は、この先をいったん読み飛ばし、先述のページで正答を確認して次へ進んでみるのもよいでしょう。

第二の謎とともに、その答えや第三の謎の明かされるページが記載されています。

第二の鍵の答えを手に入れたら第三の謎へ。

第nの鍵の答えを手に入れたら第（n＋1）の謎へ。

飛び石のように進むと、やがて第四章の答えとなる【ある建物】に辿《たど》り着《つ》くはずです。

（「ざつ旅」読者の方なら一度は目にしたことがある場所だと思います。）

もちろん、読書のみ楽しまれたい方は、このまま順にお読みいただいて構いません。

なお、現地でもしお時間があれば、ページを飛ばさずに読み進めながら解いていただくことも可能ですが、歩きながらの読書は大変危険です。くれぐれも、本を開く場合はどこか落ち着いた場所で、周囲には十分な注意を払って挑戦していただけますようお願い申し上げます。歩きやすい靴もお忘れなく。

さて、これが私からの最後の挑戦状となります。

実際に歩いて謎を解いてくださる方も、そのまま読んでくださる方も、インターネットを駆使して遠方から挑戦してくださる方も、物語を最後まで楽しんでいただけましたら幸いです。

ご健闘をお祈りいたします。

逆井卓馬

所要時間の目安：約三時間
歩く距離の目安：五キロメートル程度
注意：謎を解く過程で「皇居東御苑《こうきょひがしぎょえん》」を訪れます。
　開園日や開園時間、その他利用上の注意事項をよくご確認ください。

「冬音がちかちゃんと一緒にやったことを、私もちかちゃんとやってみたくて」

原稿を手伝いながら通話しているとき、りりは謎解き旅に行きたい理由をそう語った。

冬音とりりはとても仲がいい。ちかがりりと一緒に旅をするようになったのも、冬音が二人を三人旅に誘ったことがきっかけだった。

冬音はファンタジックな少年漫画を、りりはときめき溢《あふ》れる少女漫画を連載していて、作風もジャンルもずいぶん違うのだが、とても気が合うらしい。

二人はどこかおかしなところで競い合っている部分もあり、例えば、ちかが二〇歳になって初めての日本酒をりりと飲んだことを知った冬音は、なぜだかとても悔しがっていた。

原稿そっちのけでちかは考えた。冬音はもしかすると、ちかと一緒に鎌倉で怪獣を討伐したことをりりに自慢したのかもしれない。お酒の件の意趣返しといったところだろうか？

そんな妄想までしたところで、りりの浅い溜息《ためいき》がスピーカーから響いてきた。

「……いけないね。酒を飲んでいないと余計なことまでしゃべってしまう」

「逆では？」

りりは酒飲みだが、仕事中に酒を入れないくらいの分別は備えている女なのだった──

「……いや、違う違う。暗号解かなきゃ」

謎しかない石碑を眺めているうちに集中力が散漫になり、ちかの意識はつい過去へと向かい始めていた。自分の頬を軽く叩《たた》いてから、頭を振って目の前の石碑に集中する。

◉北極航路開設記念碑

「ふむ。私が思うに、この件はGoogle翻訳で片がつく」

隣のりりが自信満々に言うものだから、ちかは肩をすくめる。

「やってみてください」

できなかった。

石碑の写真を撮って翻訳にかけてみたが、訳は表示されない。どういうわけか検出言語は英語になっていた。ヴァイキングは多分、英語は使わなかっただろう。

「さすがのGoogle先生も古代スカンジナビアの言葉には対応していなかったみたいだね」

「でしょうね……」

にょろにょろと渦巻く蛇のような古代文字は難解で、とても読めそうにない。途方に暮れるちかの隣で、りりは顎に手を当てて考える。

「ところでこれはルーン文字と呼ばれるものだ」

「そうなんですか？」

「古代スカンジナビアだからね。今も占いに使われる文字だよ。Bluetoothを意味する記号の一部になったりもしている。ほら、ここに似たような形が」

りりはBのような形をした文字を指差した。

「お詳しいんですね」

「相棒のGoogle先生がね」

「…………」

雰囲気はクールなりりだが、割とそれを裏切ってくるところがある。ボケ担当だ。

「鍵になるのは四桁の数字ですよね。そんなの、この石碑のどこに書いてあるんだろう」

ちかが言うと、りりはしばらく視線を落として考えてからゆっくりと口を開く。

「わかったかもしれない」

「本当ですか……？」

「多分ね。答えは1957か1967だと思う」

「どうしてわかるんですか？」

「まあ、少し考えれば自然と導けることだよ」

ふふん、と笑うりり。

ちかは悔しくなって石碑を凝視した。少しでもりりの鼻を明かしたい気分になったのだ。とぐろを巻いた文字列を、外側から注意深く追っていく——すると途中で、あることに気づく。

「あれ、ここだけアルファベットだ……！」

さっきのGoogle翻訳はそこを認識していたのだろうか。ルーン文字が並ぶなか、明らかに様子の違う文字列が二ヶ所だけ紛れ込んでいるのだった。他の文字が解読不能なのに対して、こちらはちゃんと読むことができる。

そしてちかには、この部分ならば数字として読めそうだという目算があった。それは実用性に欠けるが現代でも広く認知されている、古い時代の特殊な表記法だ。

XXIV

MCMLVII

「りりさん、これってローマ数字じゃないですか？　時計とかに使われてる！」

「まさしくその通り。Xは一〇で、Ⅳは四だから、『XXIV』は二四を意味するね」

「じゃあその次は……」

ちかはそこで躓《つまず》いてしまった。

最後は「Ⅶ」で七を意味しそうだったが、それまでの文字がわからない。きっと大きな数字なのだろう。ちかはローマ数字の法則を調べてみる。

「Mは一〇〇〇、Cは一〇〇、Lは五〇みたいですね……あれ、どうしてCの次にMが……」

「きっとⅨと同じで一〇〇〇から一〇〇を引くんだ。つまり九〇〇」

ローマ数字の表記法では基本的に、左から大きい順に文字を並べていき、その足し算で数を表現する。逆になっている場合は引き算だ。Ⅵなら、五足す一で六。Ⅳなら、五引く一で四。

一文字ずつ追いながら、ちかは数字を解読していく。

「千の位は1ですよね。それから百の位は9で……十の位はLだから5。一の位が7……ということは……？」

りりがにやっと笑う。

「ずばり1957。私の言った通りになったね」

「えええ！　すごい！　りりさん、これを一瞬で解いたんですか？」

「まあね」

ちかは素直に感心してから、ふと疑問に思う。

「でもどうして候補が二つあったんですか？　1967だったらLの後ろにXが入るはずですから、違いますよね」

「正直に言うと、説明板に書いてあった。一九五七年の二月二四日にヨーロッパより北極経由で日本への空路を開拓した、その一〇周年を記念して寄贈されたものだって」

「なんだ……」

一〇周年の年を刻むなら1967になる。二択だったわけだ。

「二四というのは日付だろうね。数字の間にあるルーン文字をよく見てみると、February に似た文字列になっている。この部分は記念すべき日付を刻んでいるわけだ」

感心して損した、と内心思っていたちかも、その解説には唸《うな》らされた。Bluetooth の話題でりりが指差したBのようなルーン文字は、まさにその「二月」を意味していそうな文字列の三番目にあった。February に似た単語の「b」にあたるのだろう。

「まあそういうことだ」

「勝手に表情を読まないでください。やっぱりだめですよ、ズルは」

「狡《ずる》いんだよ、大人は。生きるために、賢さよりも狡《ずる》さを身につけていくんだ」

またテキトーなことを言ってコーヒーを啜《すす》るりりを横目に、ちかはスマホを取り出した。ブラウザを開くと、真っ白な背景に黒い文字のページが表示される。

鍵は四桁の数字。入力窓に打ち込んでいく。

第一の鍵：1957

数字をすべて入れてから「開く」を押すと、新しいページが開いた。

覚悟していたものの、うっ、と呼吸が一瞬止まる。

「ほう、またしても謎だね」

「ずっとこうなんですよ。豚を開いたらまた豚が出てきたりして」

「ブタリョーシカというわけか」

「まあそうですね」

上手《うま》いこと言ったような顔をしているりりを軽くいなしながら、ちかは謎を読んだ。

【第二の謎】

城の中心へ歩を進め
屍の怪獣を斃した忠臣を探せ
南に尽くし北を向く雄姿
その身を産んだ地の名が鍵となる
後ろの正面を解読せよ

第二の鍵

▼

漢字三文字

※第二の鍵の答えは二四二ページに、
第三の謎は隣の二四三ページに書かれています。

「助けて、ゆい……」

「目の前に頼れるお姉ちゃんがいるでしょうが」

「りりさんはどういう立ち位置なんですか」

「優秀な助手だよ、小さな探偵さん」

もうキャラがわからない。ちかは謎へと話を戻すことにする。

「とりあえず城の中心に向かって歩けばいいんですよね」

「そうだね」

「……城の中心ってどこだろう」

「東京のど真ん中、石垣も残る江戸城下にいるんだ。江戸城の中心部に向かうのはどう？」

「あ、なるほど」

まともな解説にちかは悔しいが納得させられた。城の中心部——皇居は、日比谷公園の北側にある。二人は公園を出て、道路を渡るために信号を待った。

「ところでちかちゃん、屍《しかばね》の怪獣ってあれかな。冬音と一緒に討伐したっていう」

「そう……だと思います。他に心当たりはないので」

「じゃあきっと、鎌倉幕府のことだね。謎の二行目は鎌倉幕府を倒した人物を指している」

「それなら知ってます。新田《にった》なんとかっていう人」

「新田《にった》義貞《よしさだ》か。この辺りにいるのかな」

りりはスマホを取り出して何やら検索する。

「見つかりましたか？」

「いや。とりあえず信号を渡ろう」

渡った先は皇居外苑《こうきよがいえん》。芝の整備された平坦《へいたん》で広い敷地《しきち》の中に、松の木が点々と植えられている。北へ向かっていると、右手には丸の内の高層ビル群が、左手には皇居のある緑豊かな高台が見える。東京という森の中にぽっかりと開けた、ちょっとしたサバンナのような空間だ。

りりが右手の方へふらふら歩いていくのでついていくと、一つの大きな銅像が見えてくる。馬に跨《また》がったその姿はいかにも武将という風格だ。もしや、とちかは思った。近づいていくにつれ、その迫力はぐんぐんと増していく。青緑色の銅像は細部まで凝ったつくりで、勇壮な勢いがあり、それでいてどっしりと落ち着いた威厳も放っていた。

「楠木《くすのき》正成《まさしげ》だ」

「くすのきさん？　どなたでしたっけ……」

「ここに説明があるよ。新田義貞と同時代の人だ」

ちかは銅像の下にある説明を読んだ。

楠木正成像

鎌倉時代末期から南北朝時代にかけての武将で、後醍醐天皇《ごだいごてんのう》に仕えたという。武家政権の鎌倉幕府を倒し、朝廷による統治を復活させようと試みた人物。

「あれ、この人も鎌倉幕府を倒したんだ」

「後醍醐天皇に忠誠を誓うと、圧倒的な強者である鎌倉幕府を相手取って奮戦し、各地の武将が幕府打倒へと傾くきっかけをつくった人物だよ」

「へえ……」

「新田義貞が幕府を滅ぼした後、足利尊氏《あしかがたかうじ》が反旗《ひるがえ》を翻してからも後醍醐天皇に忠義を尽くし、勝ち目のない戦いに身を投じて散っていった——とGoogle先生は言っている」

「Google先生すごい」

「だから、南に尽くし、っていうのはおそらく、のちの南北朝のうち南朝にあたる後醍醐天皇に尽くしたっていう意味だろうね。この銅像がまさに探していたものだ」

「なんちょう……」

「鎌倉幕府が倒れた後、朝廷が北と南の二つに分かれて対立した時期があったんだよ」

「それからどうなったんですか？」

「結局一つに合わさって、北朝側が皇位に就くようになり、今に続いている」

「ほう、北朝が……」

ちかはしばらく頭を整理してから銅像を見上げる。

こちらが正面のはずなのに、正成はなぜかそっぽを向いていた。

「でも、南朝側だった楠木正成の像がここにいるんですね?」

「それが『南に尽くし北を向く雄姿』ということなんだろうね」

りりはちかをいざない銅像をぐるりと半周した。見上げると馬上の正成と視線がぶつかる。銅像の説明が書かれた正面は反対側——南側。正成は皇居のある北側を向いているのだ。

　スマホをさっとスクロールした後、りりはちかの方を見てくる。

「この銅像は、正面は南側だけど、正成は皇居に頭を下げる形で北を向いているという、とても珍しいつくりになっている」

　と Google 先生が言っていたらしい。

「南に尽くして北を向く……そういうことだったんですね」

「暗号文の『後ろの正面』とは、正成の後ろ、つまり銅像の正面を意味するんじゃないかな」

「台座に何か文章がありましたよね」

「解読しよう」

　暗号文によれば、第二の鍵は「その身を産んだ地の名」ということだった。

　銅像を半周戻って正面側に移動し、実際に記文を目《ま》の当《あ》たりにしてみて、ちかはげんなりした。なんというか、全部漢字だ。稲荷山古《いなりやまこ》墳《ふん》から出土した鉄剣が連想される。明治三〇年一月に記されたというのはわかったが、それ以外はちょっと読む気にならなかった。

◎楠木正成像

◎記文

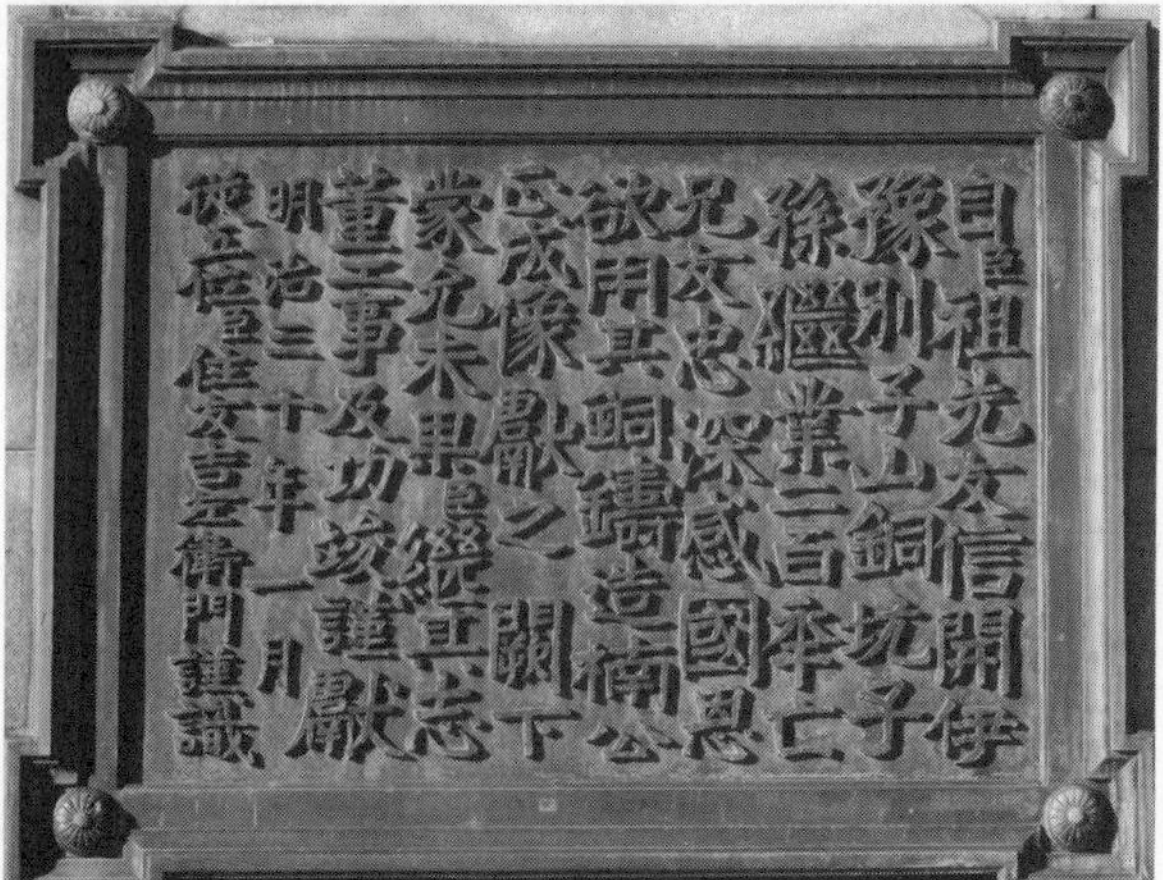
自臣祖先友信開伊
豫別子山銅坑子
孫繼業二百年亡
兄友忠深感國恩
欲用其銅鑄造楠公
正成像獻之闕下
家兄未果臣繼其志
董工事及功竣謹獻
明治三十年一月
從五位臣住友吉左衛門謹識

「ふむふむ」

「どう、探偵さん。解読できた？」

「あのりさん、楠木正成ってどこで生まれたんでしたっけ」

「一説には大阪府の千早赤阪村《ちはやあかさかむら》と言われているみたいだね。でもちかちゃん、ズルはいけないよ。目の前に文章があるんだから、解読しないと」

「むう……」

仕方なく、ちかは漢文と対峙《たいじ》する。

「千早赤阪村とは書いてないみたいですね。そもそも答えは漢字三文字だし」

「臣《しん》の祖先友信《とものぶ》、伊予別子山《いよべっしざん》の銅坑を開いてより、子孫の業を継《つ》ぐこと二百季《ねん》、亡《な》き兄友忠《ともただ》深く國恩《こくおん》に感じ、其《そ》の銅を用いて楠公正成像を鑄造《ちゅうぞう》し之《これ》を闕下《けつか》に獻《けん》ぜんと欲し……まあこのくらいまで読み下せばわかるんじゃないかな」

「Google翻訳ですか？」

「いや。偽中国語《にせちゅうごくご》を読むのがマイブームでね。漢文も読めるようになってしまった」

「なんですかそれ」

「ネットの遊びだよ。我偽中国語非常得意。ともかくちかちゃん、記文からわかることは？」

「あんまり理解できなかったんですが……銅山を開いて二百年経《た》ったことを記念して鋳造したっていう感じですか？」

「すると答えは楠木正成の生誕地じゃないことはわかるね？」

「そうか、銅像の原料の産地！」

暗号文が「生まれた地」と書かず「その身を産んだ地」とまどろっこしい言い回しになっていたのが、ちかも少し引っかかっていたのだ。

答えは銅像の身を形作る銅の産地。

「……つまり、伊予別子山！」

「伊予とは愛媛県のことだから、答えは……」

「別子山っ！」

ちかはスマホを取り出して、例の画面を開いた。漢字三文字を入力窓に入れていく。

第二の鍵：別子山

「どうだっ！」

スマホキーボードの「開く」を押すと、ページが読み込まれた。

現れたのはまたしても、謎めいた暗号文。

「おお、これはまたすごいのが来たね」

ちかと同じく鍵を入力したりりは、新たに提示された文章を見てそう呟《つぶや》いた。

【第三の謎】

その櫓より最も高き峰は今や見えず
最初の三角は幻と消える
葵の茂るべき場所に咲く花の名は
天を仰いで探せ

第三の鍵

▼

漢字一文字

※第三の鍵の答えは二五二ページに、
第四の謎は隣の二五三ページに書かれています。

「最も高き峰……」

「心当たりがあるの？」

「はい。鎌倉の前に、埼玉にある古墳群に行ったんですけど、そのとき同じ表現が出てきました。一番高い古墳のことかと思ったら、実は富士山《ふじさん》だったっていう」

「なるほどね。今や見えずということだから、かつて富士山が見えた櫓を探せばいいのかな」

「櫓《やぐら》って、お城のあれですよね」

「お城のあれだね」

どうやら今回の散歩は、少しずつ江戸城の中心へと向かっていくコースらしい。

調べてみたところ、江戸城に現存する櫓《やぐら》は三つしかないそうだ。

伏見櫓《ふしみやぐら》、巽櫓《たつみやぐら》、そして富士見櫓《ふじみやぐら》。

暗号文がどの櫓《やぐら》を指しているかというのは名前の通り。富士山を見るから富士見なのだ。

富士見櫓は皇居東御苑《こうきよひがしぎよえん》の中にあるらしい。無料で一般開放されているとのことで、とにかく行ってみることにした。最も近い入口は、東京駅側を向いた大手門《おおてもん》のようだ。

「正面に立派なホテルが見えるよね。真っ白な壁の」

歩きながら、りりが前方を指差した。

「かっこいい建物ですね」

「だよね。パレスホテル東京といって、某合衆国大統領も宿泊した超一流ホテルだ」

「それはどこ情報ですか」

「私情報だよ。行ったことがある」

「ええぇ、あそこに泊まったんですか？」

「いやまさか。一階にロイヤルバーというお店があって、そこでは伝説のマティーニを飲むことができるんだよ。宿泊客じゃなくても入れる」

「まてぃーに」

「ジンとドライベルモットからつくる、カクテルの王様とも呼ばれる逸品だ。こんなビル街じゃ地酒は望めないけど、丸の内ならではのお酒を楽しむっていう手もあるよね」

いつの間にかそちらに足が向いていたので、ちかはりりの袖をそっと引いて軌道修正する。

「お城に行きますよ！」

大手門はパレスホテル東京のすぐ目の前にあった。大河のように水を湛《たた》えた幅の広い濠《ほり》を渡って、立派な門まで土橋が続いている。門の手前では荷物検査が行われていた。

「あれ、開園日と休園日があるんだね」

りりが掲示されたカレンダーを指差した。皇居東御苑には、どうやら月曜日と金曜日は入れないらしい。公開時間は午前九時から午後四時まで。入園できるのは三時半までだ。

「危ない……閉まってたらまた日を改めることになってました」

「ちかちゃんの運のよさだったらあり得たね」

「それってどういう意味ですか！」

「今日ばっかりはいつもみたいにならなくてよかったね、ということだよ」

出題者から日程の注意はなかったが、謎を出すのに「皇居東御苑の開園日に気をつけて」なんて事前に言ってしまえばネタバレもいいところなので、仕方ないのだろう。ただ、ちかには旅先でそうした不運――いや、幸運に見舞われやすい体質がある。それはもはや「現象」だ。

「……ああ、なるほどね、そういうことか」

「………？」

「ちかちゃん、こういう謎解き旅をする日程を、事前に誰かに話してるんじゃない？」

どうしてそんな質問をされるのかわからなかったが、その通りだった。

「担当編集の吉本《よしもと》さんから、謎解きに出掛ける場合は前日までに連絡するよう言われてるんです。一応吉本さんがくれた仕事ですし、何かあると困るから、って」

「ふうん。なるほどね、実に面白い」

「何が面白いんですか？」

「私には、この謎の出題者の正体がわかってしまった」

突然の宣言に、ちかは動きを止めた。

「え、どうしてですか」

「ちかちゃんが、これまでに見聞きした情報を組み立てれば、自然と浮かび上がるはずだよ」

「全然わからないです。教えてください」

「おいおい話そう」

りりは先に行ってしまった。ちかも続いて大手門へ向かう。

荷物検査を済ませて門をくぐると、そこは遂《つい》に、世界最強クラスの城の中心部だった。何重もの巨大な石垣、入り組んだ通路。迎え入れられた観光客ですら圧倒されるのだから、この城を攻めようとする軍がいたら大変な思いをすることだろう。

大手門からの道はゆるやかな登り坂になっていた。東京駅のある西側は低地だが、城の中心部は台地の上にある。江戸城はこうした自然の高低差を利用した要害だ。

道の先にはやたら横に長い建物があった。警備詰所に使われていた百人番所《ひゃくにんばんしょ》だ。建物の瓦には徳川家《とくがわけ》の家紋が刻まれている。甲賀忍者《こうかにんじゃ》や伊賀忍者《いがにんじゃ》の子孫を含む警備隊が二四時間体制でここに詰め、警護に当たっていたという。

百人番所前で左右にそびえる石垣は中之門跡《なかのもんあと》。構成する岩は直方体に切り出されて隙間なく積み上げられているが、その一つ一つがとにかく大きい。かつては左右を繋《つな》ぐように渡櫓《わたりやぐら》があったという。説明板には明治四年に撮影された写真が紹介されていた。写っている人と比べればいかに巨大だったかがわかる。とても破られそうにない重厚で堅牢《けんろう》な門だった。

「これはすごいね。初めて来たけど、こうも破格のお城が東京駅の目の前にあったとは」

「来なかったのがもったいないくらいです」

◎江戸城周辺

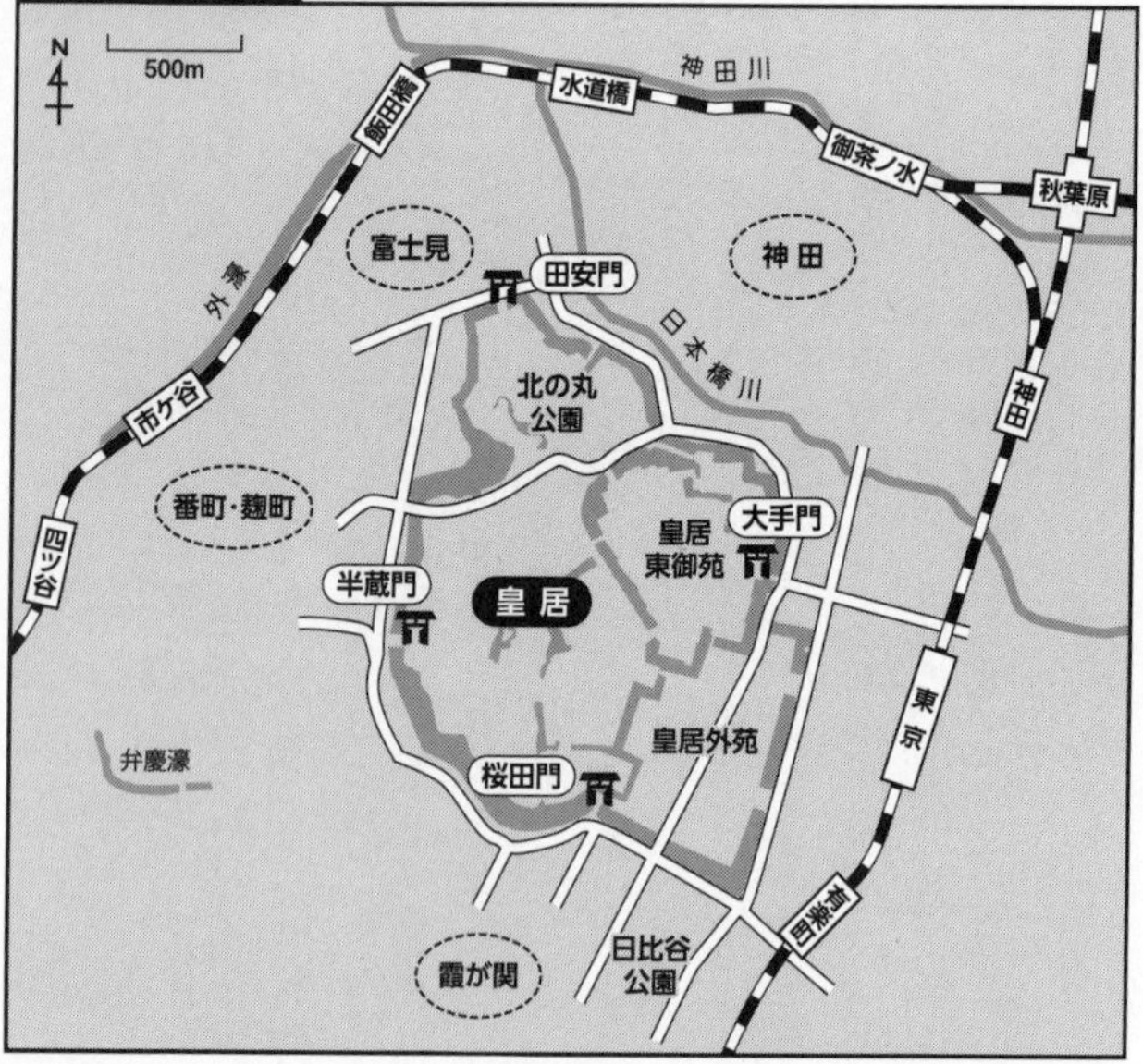
N
500m
神田川
水道橋
飯田橋
御茶ノ水
秋葉原
富士見
田安門
神田
外濠
日本橋川
北の丸
公園
市ケ谷
神田
番町・麹町
大手門
皇居
東御苑
四ツ谷
半蔵門
皇居
東
京
皇居外苑
弁慶濠
桜田門
有楽町
日比谷
公園
霞が関

◎皇居東御苑

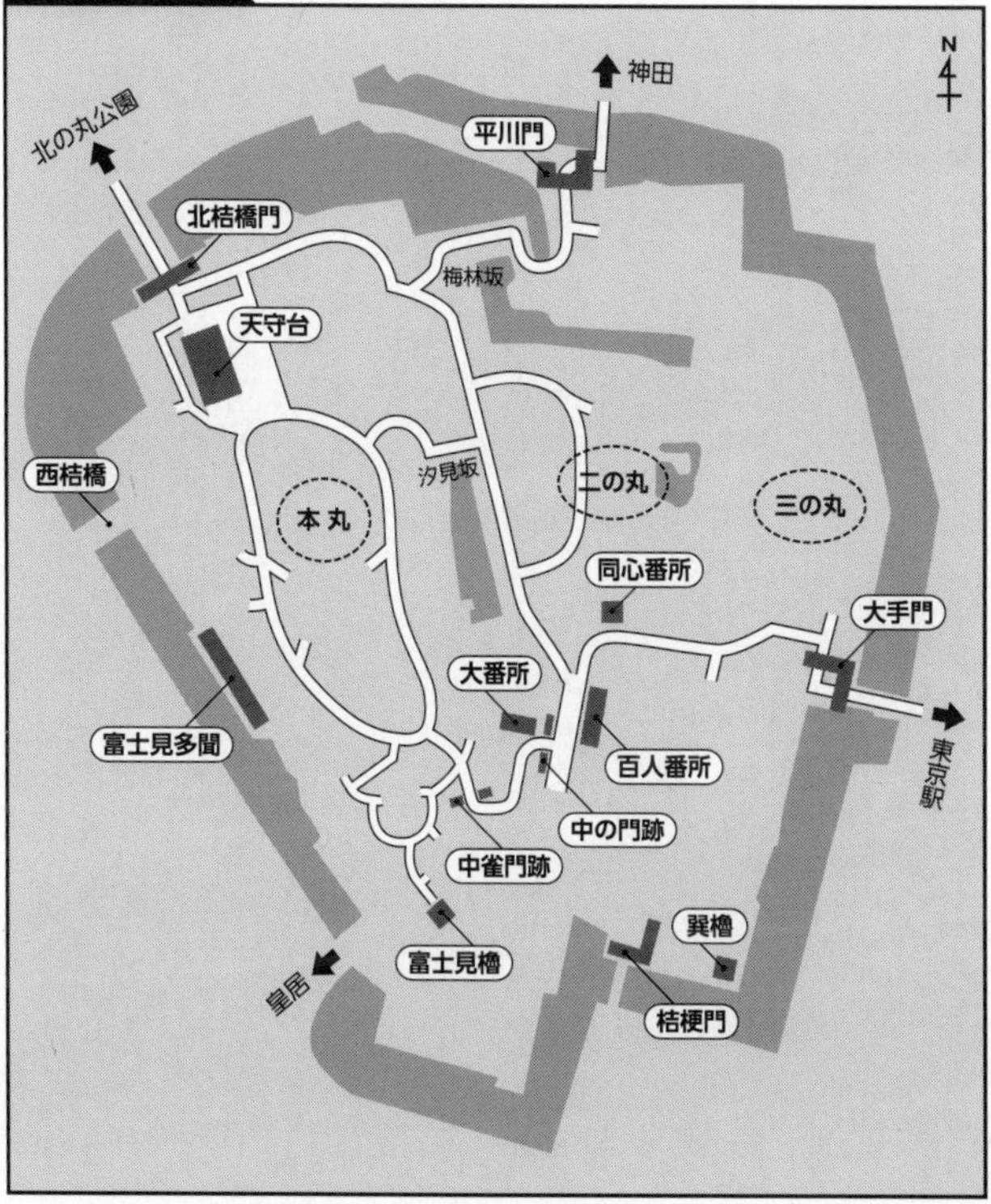
N
神田
北の丸公園
平川門
北桔橋門
梅林坂
天守台
汐見坂
二の丸
本 丸
三の丸
西桔橋
同心番所
大手門
大番所
富士見多聞
百人番所
東京駅
中の門跡
中雀門跡
巽櫓
富士見櫓
皇居
桔梗門

そこから先はさらに登りが急になっていた。中心に近づくにつれて標高が高くなっているのがわかる。立派な大番所《おおばんしょ》の脇を通って、火災の跡が残る中雀門跡《ちゆうじやくもんあと》を過ぎると、ようやく広々とした空間に辿《たど》り着《つ》いた。本丸跡、江戸城の核心部だ。

これがまたとにかく広い。公園でもここまで大きな広場はなかなかないだろう。木々に囲まれて、きれいに刈られた芝が真っ平らに広がっていた。ちかたちがいるのとは反対側に、何かの土台のような石垣が見えた。

「富士見櫓はこっちみたいだね」

りりがそちらとは反対側の、木々の茂る方を示した。

様々な果樹が植えられた区画を通り、本丸の南の端へと向かう。突き当たりに櫓《やぐら》があった。白い壁に青緑の屋根の三重櫓《さんじゆうやぐら》。いかにもお城という感じのきれいなシルエットをした建物が木々に半分隠れるようにしてそびえていた。

富士見櫓

周囲には、富士見櫓についていろいろと説明するパネルが設置されている。江戸時代から残る建築らしい。明暦《めいれき》の大火で焼けたあと、一六五九年に再建されたものが、関東大震災で受けた被害の修復などを経て、今もここに建っているという。

櫓《やぐら》の手前にフェンスがあり、近づくことはできないようだった。あまり眺望はよくないが、木々の隙間から高層ビル群が見える。櫓《やぐら》に登ればいい景色だろうなとちかは思った。

パネルを見て回っているうちに、求めていた説明に辿《たど》り着《つ》く。富士見櫓の眺望についてだ。

「江戸時代は、この櫓《やぐら》から海や富士山が見えたみたいです。今は高層ビルの陰になって、どちらも見えないみたいですね」

「今や見えず、というわけだ……じゃあ『最初の三角』っていうのはなんだろうね」

しばらく考えてみて、ちかはふと、埼玉で暦《こよみ》が言っていたことを思い出す。

――三角点には見晴らしのいい場所が選ばれることも多いから……

「三角点！　見晴らしのいい場所が選ばれるって聞きました」

りりがスマホを少し触り、何かを見つける。

「なるほど。明治五年、日本で初めての三角測量がおこなわれ、その最初の三角点がここ富士見櫓に置かれたらしいね」

ちかは暦に教わった国土地理院の「基準点成果等閲覧サービス」を参照することにした。三角点の位置を調べることができる地図を開く。最初に表示されたのが皇居の西側だった。

富士見櫓に当たる場所に、三角点は置かれていなかった。

「今はもうないみたいですね。つまり幻……全部当てはまります！」

「するとあとは、葵《あおい》の茂るべき場所に咲く花を、天を仰いで探せばいい」

「葵《あおい》って確かあれですよね、徳川の」

「三《み》つ葉《ば》葵《あおい》。家紋だね」

「その茂るべき場所っていうのが、上にあるんですか……？」

頭上では木が枝を広げている。花は見当たらない。ちかは櫓《やぐら》を見上げて、閃《ひらめ》く。

「瓦……屋根の瓦はどうですか？」

「確かに。江戸時代から残る建築なんだよね。瓦には徳川家の家紋があってしかるべきだ」

二人して屋根瓦を見上げて、そこにある家紋がもはや三《み》つ葉《ば》葵《あおい》ではないことに気づく。

かつての所有者ではなく、現在の所有者を意味する紋章がそこにはあった。

「菊だ！」

関東大震災からの復興などを経て、瓦が取り換えられたのだろう。現在刻まれているのは、皇室を示す菊の御紋だった。葵《あおい》の茂るべき場所に咲く花は、菊。

第三の鍵：菊

スマホに入力して確定させると、ページが読み込まれ、次なる謎が現れた。

【第四の謎】

古の本初子午線に黄金の足跡が残る
遂に天を衝くことのなかった至高の石垣
鬼門の角に刻まれた几号が鍵となる
跪いて探せ

第四の鍵

▼

漢字一文字

※第四の鍵の答えは二五八ページに、
第五の謎は隣の二五九ページに書かれています。

りりもスマホにそれを表示させて読み、眉を片方だけ上げる。

「ほう……この謎の作者は『ダ・ヴィンチ・コード』のファンみたいだね」

「なんですかそれ」

「ヨーロッパを舞台に、建築や絵画に手掛かりを求めながら暗号を解読して聖杯を探す物語だよ。私が小学生のころ世界的なベストセラーになった」

「なるほど？　でもどうして、出題者がその本のファンだってわかるんですか」

「『ダ・ヴィンチ・コード』にも、古《いにしえ》の本初子午線の話が登場するからね」

「じゃあ次はヨーロッパに……」

「大丈夫。昔、日本にも本初子午線はあったんだ」

話が進む前に、ちかは小さく手を挙げる。

「あの」

「うん」

「本初子午線ってなんでしたっけ」

「ちかちゃん、子午線は知ってる？」

「しごせん」

「十二支の子《ね》と午《うま》、つまり北と南を結ぶ線。北極と南極を結ぶ線が子午線だよ。そのうちで、基準となる経度ゼロの線が本初子午線。今はイギリスのグリニッジ天文台の近くを通っているけど、昔はそういった基準を国ごとに定めたりしていたんだ」

「その基準が、日本にもあった、ってことですか」

「国立天文台によると、明治一九年にグリニッジ天文台を通る子午線が本初子午線と定められる前――なんと、江戸城の天守台が基準になっていたらしい」

「天守台！　さっきありましたよね」

「行ってみよう」

来た道を引き返し広場に戻る。北へ進んでいくと天守台があった。

平らな土地にぼこりと盛り上がった台形のシルエット。高さは一二メートルとのことで、まるで古墳のような大きさだ。削られて成形された巨大な岩がトウモロコシの粒のごとくきれいに組み上がっていて、その石の並びを見ているだけでもしばらく楽しめそうだった。

「一六五七年、明暦の大火で天守が焼失した後、この天守台は再建されたけど、天守自体の再建は、城下町の復興を優先して延期されたらしい。平和な時代だったから天守閣は必要なかったんだ。その後も再建がずるずると延期されているうちに、明治維新が起こってしまった」

「遂《つい》に天を衝《つ》くことのなかった至高の石垣ですね！」

「しかし黄金の足跡とはなんだろうね」

天守に近づいて、ちかは気づく。

「これ、井戸じゃないですか」

三段になった天守台の一段目に、石造りの四角い構造物があった。天守台は登れるようになっている。少し上がって構造物を上から覗《のぞ》き込《こ》んでみた。四角い構造物の中には穴が開いていて、格子《こうし》状《じょう》の蓋がかかっている。

「確かに井戸みたいだけど……ああそうか、鎌倉ではそうだったらしいね」

「はい。金龍水《きんりゅうすい》っていう湧き水があって、その痕跡が『龍の足跡』って表現されてたんです」

りりがスマホを見せてくる。Google Maps に井戸の名前が書いてあった。

金明水《きんめいすい》

井戸を塞ぐ正方形の格子《こうし》も、どこか金龍水の場所を示したタイルに似ていた。

「黄金の足跡はこれで間違いなさそうだ。すると、鬼門の角に刻まれた――」

りりはそこで画面を見たまま首を傾《かし》げた。ちかもその部分はわからない。

「なんて読むんでしょうね。ぼんごう？」

暗号文には「几号」と書かれていた。

「凡には点があるね。これは几《き》帳面《ちょうめん》の『き』じゃないかな」

「じゃあ……きごう？」

「とりあえず鬼門の角に行ってみよう」

りりは天守台を登ってきたスロープを引き返す。

「あの」

「うん」

「鬼門ってどの門ですか」

「鬼門は方角だよ。北東。子午線は子《ね》と午《うま》で北と南っていう意味だったよね。子を北として、そこから時計回りに丑《うし》、寅《とら》、卯《う》、と十二支が割り当てられてるんだ。鬼が牛みたいな角をもっていて虎柄のパンティを穿《は》いているのは、鬼門が北東、つまり丑寅《うしとら》にあたるからだよ」

「ぱんてぃ」

「忘れてほしい」

天守台は上から見ると四角形だ。登り口は南向きだから、反時計回りに北東の角を目指す。石垣の角は特に大きな岩でできていた。算木積《さんぎづ》みというらしく、直方体の石材の長辺と短辺を交互に組み上げて強度を増しているそうだ。

跪《ひざまず》いて探せとあったので、二人で北東の角の地面付近を確認してみる。

「あ……！」

「これは……」

そこには見覚えのある記号が刻まれていた。

出発地点である日比谷公園の心字池で、水辺に置かれていた平らな石。そこに刻まれていたのと同じ、漢字の「不」のようなマークが、石垣に彫られているのだった。

「どうやらこのマークは、几帳面《きちょうめん》の『几《き》』を使って『几号水準点《きごうすいじゅんてん》』と呼ぶらしい」

「水準ってことは……三角点みたいに、測量に使ったってことですか?」

「そうだね。明治時代に標高の測量に使ったものだよ。マークの横棒のところに台を引っかけて測量したことから、台を意味する几《き》を使って、几号《きごう》と名付けられたんだ」

とGoogle先生が言っているそうだ。りりは顎をさする。

「ほう、面白い。気づかなかっただけで、さっき通ってきた大手門にも刻まれてたみたいだ」

「隠れたマークって、なんだかミステリって感じでわくわくしてきますね」

ともかく、答えはこれで間違いないようだ。

ちかは暗号文のページを開いた。鍵は漢字一文字だという。

それならば、見た通りに打つしかない。

第四の鍵：不

読み込んだ。正解だ。相変わらず謎が終わる気配はなく、すぐ第五の謎が表示される。

「おお、謎が謎を呼ぶね」

「終わる気配がないですね……」

【第五の謎】

台上より望む門を出でて
緑の川が最後に渡る橋を渡れ
その先に白き夜空あり
英知の館が鍵となる一字を描く
夕日を目指す鳥の目にて解読せよ

第五の鍵

▼

漢字一文字

※第五の鍵の答えは二六四ページに、第六の謎は隣の二六五ページに書かれています。

二人は天守台を一番上まで登ることにした。視界に入った門から城を出ればいいのだろう。

天守なき天守台からの眺めは、抜群とは言えないが、広々としていた。木々越しに高層ビルが見える。視線の高さが上がったことで、見える範囲が拡大しているのだ。

「すぐそこに門が見えますね」

「北桔橋門《きたはねばしもん》というらしい。皇居東御苑の出口になってるみたいだよ」

「行きましょう！」

天守台のすぐ北にある北桔橋門は、本丸から北へと出る門だ。ちかたちはどうやら、日比谷公園をスタートして、謎を解きながら少しずつ北へ誘導されているらしい。

「桔梗《ききょう》と読むのかと思ったけど、よく見ると桔橋《はねばし》なんだね。可動橋だ」

「昔は跳ね上げられる橋だったんでしょうか」

りりは門の下で立ち止まって、天井を指差す。そこには金属の環《わ》が四つ並んでいた。

「滑車を装着するための金具がある。昔は木の橋をこれで引っ張り上げてたんだね」

門を出て橋から外を見ると、恐ろしいほどの断崖絶壁だった。切り立った石垣は脚が竦《すく》むような高さ。ここを通ればすぐ本丸だから守りを厳重にしたのだろう、とちかは考えた。

「この緑の川っていうのはもしかすると、また以前に出てきた言葉？」

りりに訊《き》かれて、ちかは頷《うなず》く。

「最初の謎に『緑の川を遡れ』という指令があったんです。玉川上水《たまがわじょうすい》のことでした」

「ふうん」

何やら考えてから、りりはちかに向かってにやりと笑う。

「ねえちかちゃん、私の推測が正しければ、この謎解きは今日で終わりだよ」

「えええええ？　どうしてわかるんですか？」

「メタ読みというやつでね。鎌倉とか崎玉《さきたま》古墳群《ふんぐん》とか玉川上水とか、今までの謎で使った知識を総動員している印象があるでしょ？」

「確かに」

「伏線回収というか、クライマックスというか、今までこつこつ溜《た》めてきたものを、最後にぶわっと使い切ろうとしてるような気がするんだよね」

りりは天守台の方をちらりと振り返って、言う。

「さて、すべての謎を解き明かしたら、最後には何が待ってるんだろうねえ」

「何か知ってそうな口ぶりですね」

「もちろん。決まってるでしょ、歩いた先には――」

答えを期待するちかに、りりはキメ顔を向ける。

「酒がある」

「ないと思います……」

渡った先に北桔橋門の説明があった。台地を掘って濠《ほり》を築いたため、石垣の高さは二〇メートル以上になるのだという。玉川上水がこの門から二本の水道管で本丸へと引き込まれていたそうだ。明治四年に撮影された実際の水道管の写真が紹介されていた。

江戸城に至る玉川上水が最後に渡る橋。

ちかはゆいと暗渠《あんきょ》の上を歩いた日のことを思い返した。江戸時代、あの道筋を流れた水が、新宿《しんじゅく》を越えて江戸の街を通り、この場所から江戸城の中心へと入っていったのだ。

それが人の手によってなされたとは、とても想像できなかった。

「さてちかちゃん、次は白き夜空とやらを探そう」

暗号文に指示された通り引き続き北へと進路をとる。歩道橋を使って道路を渡ると、公園の標識が立っていた。

北《きた》の丸公園《まるこうえん》

本丸の北にある公園だ。そして茂る木々の向こうに、ちかは白い建物を見つけた。その外壁には窓がないように見える。代わりにたくさんの穴が開いているようだった。なんだか変わった見た目の建築だ。公園を北に入っていったところにあったので、そのまま道を進む。

近づいて、ここだと確信する。白い外壁に規則正しくずらりと開いた穴は六角星の形をしており、建物の表面を埋め尽くしていた。星々がちりばめられた白い建物。白き夜空だった。

科学技術館

正面にはそう大きく表示されている。

科学と技術の博物館。まさに英知の館と言えそうだ。

「ここですね」

「だね。英知の館が鍵となる一字を描く。夕日を目指す鳥の眼にて解読せよ、か……」

りりは暗号文を読み上げて、建物を前にして腕組みをする。

「夕日を目指す鳥の眼とはいったいなんだろうね」

「空から見るってことですかね」

「鳥瞰《ちょうかん》か。なるほど。すると夕日っていうのは方角のことかな」

「方角って……どういうことですか」

「実際に見てみるのが早そうだ」

りりはスマホのGoogle Mapsを開いて、航空写真を表示する。現在地を見ると、科学技術館の建物は上から見ても星のような形をしているのがわかった。ただしこちらはヒトデのような放射状になっている。正五角形をした中心部から五つの腕が外向きに伸びる形だ。文字で表すならば「大」が近いだろう。

そして正面――ちかたち二人が立っている西側を向いた腕の先には、長方形の棟が腕とは垂直に横づけされている。今見えている白い壁は、その建物の外壁だ。

「文字になりそうな予感はありますね」

「これを回転させてみよう」

りりは地図を二本指で操作し、西側を上に向ける。

「夕日が沈む西に向かって飛ぶ鳥からは、こういうふうに見えるはずだよね」

「ああっ！」

その向きで見て、ちかははっきりと漢字一文字を連想した。

漢字の「大」の上に、腕とは垂直に横棒を一本足した形。

すなわち「天」だ。

りりがスマホを手元に戻し、素早く検索する。

「確認が取れたよ。科学技術館のサイトにも、上から眺めると漢字の『天』に見えるとある」

「それじゃあ入力してみます！」

第五の鍵：天

正解だったようだ。ページが読み込まれ、またしても次なる謎が表示される。

【第六の謎】

大火を逃れし門の前
風を見る灯あり
字画最少の方に道を求めて
番兵の護る見附を探せ
掘り出されし岩に最後の鍵あり
首を傾げて解読せよ

第六の鍵

▼

漢字四文字

※第六の鍵の答えは二七四ページに、
第七の謎は隣の二七五ページに書かれています。

「最後の鍵……もうすぐ終わりってことですかね」

「だろうね。そろそろ頭が疲れてくるころだ」

りりはおちょこをつまみ口元で傾けるジェスチャーをした。

「発言と動作が嚙《か》み合《あ》ってませんよ」

「器用でしょ」

呆《あき》れるちかに微笑《ほほえ》みながら、りりはスマホを素早く操作した。

「このまま進むと九段下《くだんした》だ。神保町《じんぼうちょう》が近い……なるほどね」

「何かわかりましたか？」

「神保町にはいい日本酒スタンドがあるんだ」

「大火を逃れし門とやらを探してくれたのかと思ってました……」

「それも見つけた。『田安門《たやすもん》』だよ。江戸の三分の二を焼いたという明暦の大火を生き延びた、現存する江戸城最古の門がこの先にある。日本武道館《にっぽんぶどうかん》のすぐそばだ」

「それじゃあ、目指せ武道館、ですね！」

「ノリがいいね。私たち二人で、天下、獲《と》っちゃおうか」

科学技術館から北の丸公園内を北へ進むと、よく知られた日本武道館の、傘のような八角形の屋根が見えてくる。これから何やらライブがあるらしく、人がたくさんいた。

武道館へ流れ込む人の多くは、すぐ北にある城門から北の丸公園へと入ってくる。これが田安門だ。九〇度曲がった桝形《ますがた》が今も保存されているため、ライブ目当ての観客はここで一度方向転換を余儀なくされる。人の流れはこのとき滞ってしまう。彼らがもし城を攻めようとする兵士であれば、そこを狙って四方から集中砲火が降り注いでくるというわけだ。

「立派な門だねえ。江戸の初期から残ってると思うとロマンがある」

「戦国時代の香りが残ってる感じで、ものものしいですね」

「蝶番《ちょうつがい》に『寛永《かんえい》十三年』の銘が刻まれてるらしいよ」

探してみると、すぐに見つかった。寛永十三年は一六三六年。四〇〇年ほど前のものだ。

九州の御石火矢大工――大砲を鋳造する職人が作ったと書かれていた。江戸城は天下普請《てんかぶしん》、全国の大名を動員して整備されたのだ。まさに日本一の城だったのだろう。

「この門の前には、なんでしたっけ……『風を見る灯《ともしび》』というのがあるみたいですけど……」

「風見の灯火ってことだね」

「あんまり上手《うま》くないですね」

「懐《なつ》かしい響きだ」

武道館へ向かう流れに逆行するように門を出て、幅の広い土橋を渡る。

「あ、ありました！」

「あったね」

そこには見逃しようがない、大きな灯台のようなものが立っていた。古めかしい石造りで、てっぺんには風向計が備え付けられている。

常燈明台《じょうとうみょうだい》

そういう名前らしい。説明板によれば、明治四年に灯籠《とうろう》として造られたものだそうだ。かつてはここから東京湾を望むことができ、灯台としての役割も果たしたという。

「字画最少の方に道を求めて……どういう意味でしょう」

「うーん、字画っていうのは画数のことだと思うけど」

「画数ですか？　N、S、E、Wだと……SとWが一画ですけど」

「先入観はよくないよ。実物をよく見ればすぐにわかる」

見上げてみて気づいた。この常燈明台の風向計は、方角がなぜか漢字で書かれているのだ。

「つまり北ですね。五画です」

「順調だねえ。この調子で番兵の護《まも》る見附《みつけ》を探そう」

「みつけ」

「いろんな種類のお酒を飲む場所のことだよ。お気に入りのお酒を見つけるから見附《みつけ》なんだ」

「絶対に違うことだけはわかりました」

「簡単に言えば江戸城の出入口のことだね。外濠《そとぼり》沿いにつくられた門。赤坂見附《あかさかみつけ》とか、今でも地名に残ってるものがある」

とはGoogle先生の談。

「あれ、ってことは田安門を出たこの先も江戸城なんですか？」

「外濠《そとぼり》の内側もお城だよ。この辺りは全部そうだし、東京駅も、ＪＲ御茶ノ水《おちゃのみず》駅《えき》もお城の中」

「じゃあ私たち、いつも知らないうちにお城の中に入ってるんですね……」

「それだけ巨大なお城ということだよね」

地図で北を探すと、牛込見附跡《うしごめみつけあと》というのが見つかった。ちょうど田安門前から北へ延びる早《わ》稲田通《せだどお》りを進んだところにある。そこを目指すことに決めた。

「そういえば、出題者のことについてまだ教えてもらってないです」

学校の間を抜けていく早稲田通りを歩きながら、ちかはふと思い出した。

「そうだったね」

「りりさんには見当がついてるんですか？」

「まあね。というか、ちかちゃんも会ったことがある人だよ」

「え、全然心当たりがないですけど……」

「実は今も、出題者が遠くから私たちを見ている」

「ええっ？　どこですか？」

「急に見回すのはよくない。怪しまれるよ」

スパイ映画みたいなことを言われて、ちかはとりあえず前を向いた。

「どういうことですか。見てるって」

「冬音が教えてくれたんだけどね、山道を歩いている最中に後ろで何か光るのが見えたって」

「あ、確かに見えました」

「昼間にライトをつけても、相当な光量でなければ、遠くからきらりと光って見えることはない。ちかちゃんと冬音は南に向かって歩いてたんだよね。そのとき後ろで光ったということは、つまり、南の空に浮かぶ太陽の光を、北側にある何かが反射したんだ」

「でも、それに何か関係が……？」

「鎌倉で、ちかちゃんと冬音の背後から、光を反射するような何かが、二人に向けられていたということだよ。戦場ではスコープの反射でスナイパーが見つかるって聞くよね」

そんな物騒な話は聞いたことがなかったが、りりの言うことにはかなり説得力があった。

「遠くから双眼鏡か何かで私たちを見ていたってことですか？」

「うん。双眼鏡を持った人物と、ちかちゃんは鎌倉で出会ったりしなかった？」

「あああっ！　会いました！　稲村ヶ崎《いなむらがさき》で砂鉄を集めてたポニテの女の子！　最後に、ヒントになることを教えてくれたんです」

「同じようなシチュエーションは他にもなかったかな？」

思い返してみれば、あった。玉川上水を歩いたときは、井《い》の頭街道《かしらかいどう》の石碑を見ていた金髪の女の子が。崎玉古墳群を巡ったときは、博物館で出会った眼鏡をかけた女の子が。

「それじゃあ出題者は、何人かいるってことですかね」

「ん？　どういうこと？」

「毎回違う女の子だったんです。金髪だったり、眼鏡だったり」

「変装という説はないかな」

「あっ……」

あれは全部、同一人物だったのか。

「でも、どうやって私たちを見つけたんでしょう。日時だって――」

そこまで言いかけてから、ちかは閃《ひらめ》く。

「吉本さんだ。私が謎解きの予定を吉本さんに伝えてたから、吉本さんがその子に教えた」

「だろうね」

「あ、コメダもそういうことだったんだ」

「コメダって？」

「最初、玉川上水の謎を解いたとき、出発地点にコメダ珈琲店《コーヒーてん》の具体的な店舗名が指定されてたんです。どうしてかなって思ったんですけど」

「出題者はそこでちかちゃんたちを待ち構えていたってことだね。直接会ったことがないし、普通にスタートされると見逃してしまう可能性があった」

崎玉古墳群に行ったとき、眼鏡の女の子は国宝展示室にいた。ちかたちがそこへ来るよう謎で誘導し、合流したのだ。鎌倉でも、郵便ポストや建長寺《けんちょうじ》の仏殿など、必ず通らなければならない場所で待てば、ちかたちを発見することが可能だろう。

「あの子だったんだ……」

「彼女、なかなか尾行の才能があるよ。私じゃなければ気づかなかった」

「りりさん何者なんですか」

「しがない酒飲みさ」

ちかは少しかっこいいなと思っていたが、最後のひとことで台無しだった。

「まだお酒のこと考えてるんですか」

「ねえちかちゃん、エタノールの化学式を憶《おぼ》えてるかな」

「かがくしき」

「CH_3CH_2OH——油に近いエチル基と、水に近いヒドロキシ基とをバランスよく併せもつ。だからエタノールは、水に溶けないものもよく溶かしてくれるんだ」

「はあ……」

「お酒のアルコールとはエタノールのことだ。お酒はいろんなものを溶かすんだよ。味や香りの成分だけじゃない。その地の空気、風景、温泉のぬくもり、人の心まで。お酒を飲むとき私たちが味わうのはグラスの中身だけじゃない。お酒には世界がまるごと溶け込んでいるんだ」

急に化学の授業が始まったかと思えば、哲学の授業になった。

「酒飲みの戯言《たわごと》だけどね。どう、お酒が飲みたくなった？」

「なりません」

そんな会話をしているうちに、二人は目的地へと到着した。

牛込見附跡

というか、ＪＲ飯田《いいだ》橋駅前《ばしえきまえ》だった。ちかが打ち合わせに行くのによく使う場所だ。普段はどうして素通りできていたのだろうと思うくらいに大きな石垣が、駅前にどっかりと腰を下ろしている。道路を挟むように、左右に。向かって右側には交番があった。

「番兵っておまわりさんのことか！」

「ばっちり当てはまったね」

「掘り出されし岩に最後の鍵あり……首を傾《かし》げて解読せよ」

暗号文を確認してから、周囲を探す。

牛込見附跡は江戸城外濠の見附跡のなかでも最もよく当時の面影を残すものだ、と説明板に書いてあった。当時の写真もある。かつては石垣の上に建物があったようだ。

江戸城はこんなにも、はっきりと、そしてひっそりと残っているのだ。

「ちかちゃん、これじゃないかな」

石垣の近くに立つ木の下で、りりが土の上に横たわる岩を示した。きれいな直方体に切り出された石材がごろんと置かれている。表面に何かが刻まれていた。

「文字があります！　しかも横向きに！」

首を傾《かし》げるようにして読むと、どうやら漢字らしい。四文字だ。しかし、書体が崩れているのと、一部が土に埋もれているのとで、ちかにはよく読めなかった。

「りりさん読めますか？」

「もちろん。これはねえ……うん、『阿波守内《あわのかみうち》』だね」

「すごい！」

「そこに解説があったよ。この石は千代田区《ちよだく》の指定文化財だそうだ」

「さいですか……」

牛込門は一六三六年、阿波徳島藩主《あわとくしまはんしゅ》により築造されたという。文化財に指定された石材はその基礎として地中に設置された石垣石。近くで発掘されたものがここへ移されたそうだ。

第六の鍵：阿波守内

最後の鍵だ。何が出てくるんだろうと緊張しながら、ちかは「開く」のキーを押した。

【第七の謎】

城を出ずに引き返し
庄五郎と定右衛門の間を上がれ
庄之助の場所であなたを待つ

※目的地は二九〇ページに書かれています。
建物内に入ることはできません。

「あなたを待つ、だって。まるでラブレターだね」

ちかはそう思わなかったが、それでもほんのりと頰が熱くなるのを感じた。

「尾行するのをやめて、先にゴールへ行ってるってことですね」

「あんまり待たせちゃいけない。さくっと解いてしまおう」

とはいえ、庄五郎《しょうごろう》と定右衛門《さだえもん》と庄之助《しょうのすけ》がいったい誰なのか、二人には見当もつかなかった。

「地図がある。見てみよう」

石垣石の横に地図があった。だが普通の地図だ。古風な人名など書いてありそうにない。

「うーん……」

そのとき、地図を見ているちかの視界の端に、木桶《きおけ》のようなものが置かれた立札風の案内板がちらりと映った。そちらにも地図があるようだ。近づいてみる。

千代田区町名由来板　富士見《ふじみ》二丁目

武家の屋敷《やしき》が立ち並ぶこの一帯は、坂の上から見える富士山が見事なことから「富士見」と名付けられたという。現在の地図とともに、一八五六年時点の地図が紹介されている。

区画には人名が並んでいた。

「りりさん！　これ！　この中にありそうじゃないですか？」

◎牛込見附周辺（1856年）

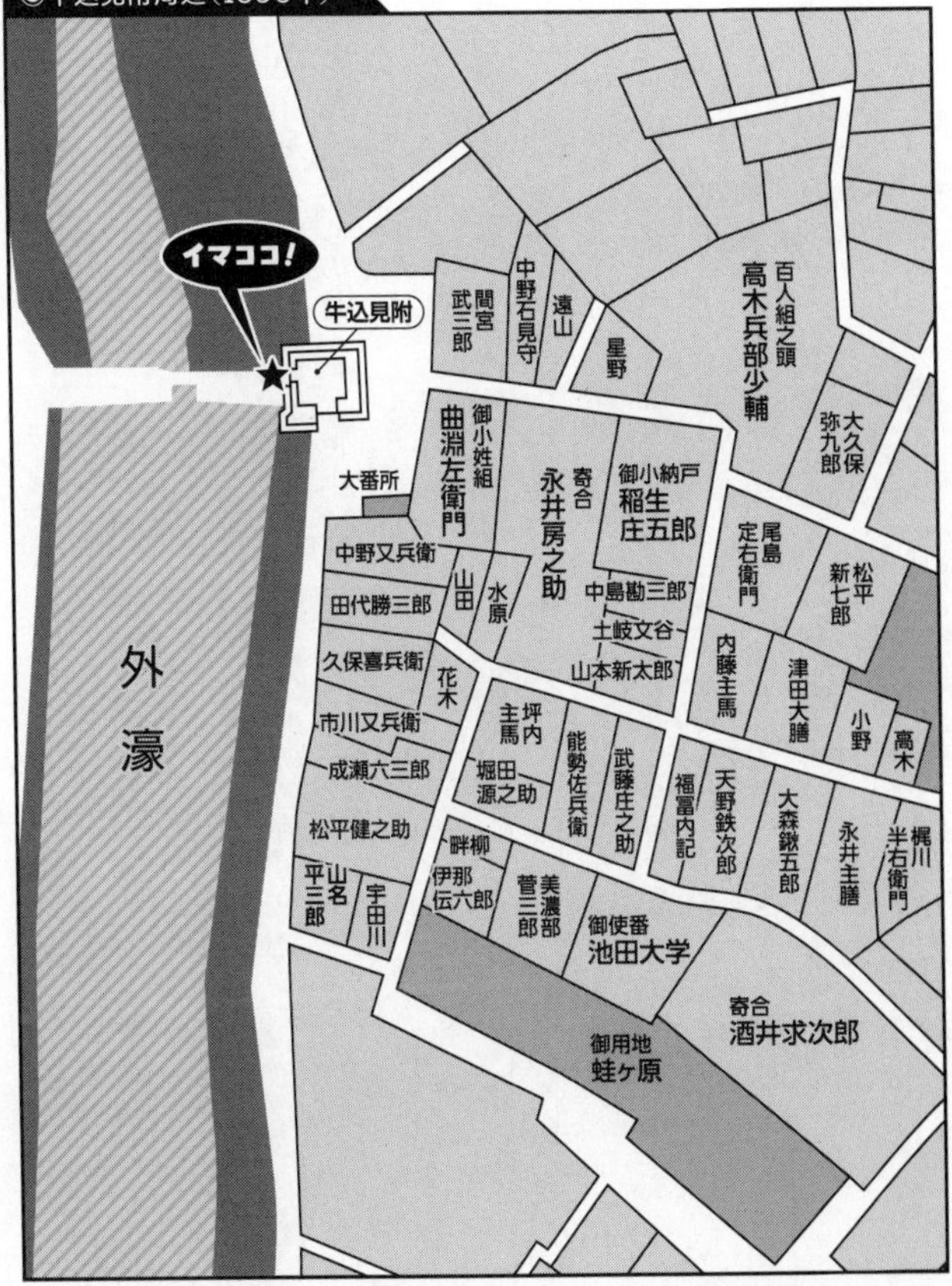

※こちらの図は実際に掲示されている地図をもとに書き起こしています。テキストの一部は省略しています。

「いいね。探してみよう」

細かい字を解読していく。引き返し、とあったから、早稲田通り沿いを確認してみる。

――あった。

すぐに見つかった。二ブロック先の道だ。現在で言えば富士見二丁目と富士見一丁目の境目にあたる。曲がり角に、稲生庄五郎《いのうしょうごろう》と尾島定右衛門《おじまさだえもん》の名前があった。その二つに挟まれた道を進むと突き当たりの右手に武藤庄之助《むとうしょうのすけ》とある。

「ここがゴールか。ずいぶんおかしな場所だね？」

「そうでもないかもしれません」

ちかはりりを先導するように早稲田通りを引き返す。この道は何度も歩いている。

二ブロック先を曲がると登り坂だ。すぐ先で突き当たりになっている。その手前の左右に建つのは、ＫＡＤＯＫＡＷＡの本社ビル。そのうち右手にあたるのが――

電撃マオウ編集部の入る「ＫＡＤＯＫＡＷＡ第２本社ビル」だ。

ちかの口から思わず笑みが漏れる。通い慣れた場所だった。坂道沿いに建っているその横長のシルエットも、外壁の明るいレンガの色も、嫌というほど見てきた。

まさかここが江戸城の中にあるなんて、今日まで考えたこともなかったが。

「なるほどねえ、そういうことか」

ビルにかかった垂れ幕から察したのか、りりは訳知り顔で言った。

「いつも通ってる場所でも、ちょっと歩き方を変えるだけで、全然違って見えるんですね」

「股の間から上下逆に覗《のぞ》くと、全く違う世界に見えるよね」

「ちょっとそういうことじゃないかもしれません……」

「いやそれにしても、面白い散歩だった。まったくちかちゃんと一緒にいると退屈しないね」

りりはしみじみと言って、それからは言葉少なに、ちかの隣をついてきた。


「やあ鈴ヶ森《すずがもり》クン、お疲れさま」

建物の前で、担当編集の吉本さんが二人を出迎えた。

吉本さんの隣には高校生くらいの女の子が立っている。ちょっと恥ずかしそうに縮こまっていた。眼鏡はせず、黒髪の可愛《かわい》らしいおさげ。きっとこれが素の姿なのだろう。

「天空橋先生もご協力ありがとうございました。今日は鈴ヶ森クンがとても助けられていたようだと聞きましたよ」

そう言って吉本さんは隣の少女を手で示す。少女の首には双眼鏡がぶら下がっていた。

「紹介しよう。メディアワークス文庫で書いている、鈴井五十鈴《すずいいすず》クンだ」

二人に向かって、少女は深々と頭を下げた。

エピローグ

そんなことをあとから言われても、とちかは思ったのだが、電撃文庫とメディアワークス文庫は、実は編集部が同じらしい。

メディアワークス文庫の若き才能が堂々の電撃文庫デビュー！——ということで最初の企画が今回の謎解きだったのだという。ちかは電撃文庫の作家の中から出題者を探そうとしていたが、そもそもの前提が間違っていたのだ。

そう気づいたとき、ちかは北鎌倉《きたかまくら》で冬音《ふゆね》から聞いたことを思い出した。

メディアワークス文庫で大ヒットを飛ばしたという現役女子高生作家の話。その人がまさに今回の謎の出題者S、鈴井《すずい》五十鈴《いすず》だったというわけだ。

今日は土曜日。吉本《よしもと》さんはちかに一通りの事情を説明し終えると、まだ昼時だというのに、りりを誘ってどこかへ飲みにいってしまった。

アウェーな環境で居心地が悪そうにしていたりりも、酒と聞いたら目の色が変わった。また誘ってねと言い残して、ほいほい吉本さんについていった。

そうしてちかと五十鈴は、電撃マオウ編集部の会議室に二人残されてしまったのだった。

「電撃文庫の編集部も、ここなの？」

　アイスブレイクにと思って、ちかはガチガチに緊張した様子の五十鈴に訊《き》いた。

「は、はいっ！　いつか移転するかもとは聞きましたけれど、まだ、ここで。私、たまに来るんです。打ち合わせしたり、著者校の郵送間に合わないときとか、自分で持ってきたり」

　声まで震えていた。そういえば街中で会ったときもこんな感じだったな、とちかは思った。

「私もよく来てるなあ。そういえば旅に出ようと思ったのも、ちょうどこの会議室でネームを没にされたからだ」

「そうなんだ……あ、ごめんなさい、私しゃべるのすごく下手で。今のはタメ口じゃなくて」

「全然いいよ。そういえばまだ名乗ってなかったね。鈴ヶ森《すずがもり》ちかです。よろしく」

「そそそうでした！　申し遅れました、私、鈴井五十鈴といいます」

「ふふ、鈴仲間だね」

「そうですね！　あ、でも私のはペンネームで……もちろん鈴ヶ森先生にちなんだわけではないんですけれど……」

「こんな無名な漫画家にちなんでたら逆に怖いよ」

　先生呼びがなんだかこそばゆかったので、軽い自虐のつもりで言ったところ、五十鈴はすっかり黙ってしまった。少しだけ気まずい沈黙が流れる。

「あの！」

切り出したのは五十鈴だった。ちかの方に身を乗り出してくる。

「……うん」

「私、好きです!」

突然言われてちかはどきりとした。

「鈴ヶ森先生の読み切り、『私の大嫌いな先輩』、私すごく好きで……」

そういうことね、とほっとしてからも、ちかの心臓は少し早く鼓動していた。

「えっと、ありがとう。嬉《うれ》しいな」

「私の小説、実はコミカライズを電撃マオウで連載してもらってるんです。それで毎月見本誌が家に届いてて。そこで鈴ヶ森先生の読み切りを見つけて。私あれを読んで、泣いちゃって」

泣くような話だったかな、と不思議に思いながらも、ちかはまたありがとうと重ねた。

五十鈴は手をぎゅっと握りしめて、ちかをまっすぐに見てくる。

「私、小さいころからずーっと本の虫で、ご覧の通り人付き合いとかすっごく下手で。でも自分で小説を書くようになってから、アイデアを考えるためにいろんなところをほっつき歩くようになって、それで散歩とか、ちょっとした遠足とか、好きになっちゃって」

絞り出すように、それでいて丁寧に紡《つむ》がれる言葉。ちかは思わず聞き入っていた。

「歩くのってすごく楽しいんです。でもその楽しさを、誰にも話せなくって。小説には書くんですけれど、直接話せる人とかいなくて。そんな私にとって、鈴ヶ森先生のあの漫画は、なんていうか、卑怯《ひきょう》で、まるで私のために描かれたのではないかと思うくらいで……」

「……そっか、そんなふうに思ってくれたなら、幸せだなあ」

「私、それから先生のDabetter《ダベッター》もフォローしたんです。そしたら楽しそうな旅の写真とかいっぱい呟《つぶや》いてて。観光地歩くだけじゃなくて、小さなとこにすごく面白いものを見つけてて。ああこういう人だからあんな漫画が描けるんだな、って、私夢中になっちゃったんです」

五十鈴は話しているうちに熱くなってきたのか、目にうっすら涙すら浮かべていた。

「真似《まね》してみようと思ったんですけれど、私まだ高校生だし、親が厳しくて、泊まりの旅行とか行けなくて。カブも免許もないし、遠出はできません。そんなとき、先生が都内でブラガモリをしているのを知ったんです。私ブラタモリも好きで毎週見てて……」

赤くなった目がきゅっとちかの方を見る。

「私が作った謎を、鈴ヶ森先生にぶらぶら歩きながら解き明かしてもらったら、もしかしたら一緒に旅した気分になれるかなと思って、このテストプレイをお願いすることにしたんです」

「……なるほど、そういう理由だったんだね」

納得したように言いながら、すごく遠回りな方法だな、とちかは思った。

「すごく楽しかったよ、謎解き。私って地理も歴史も真面目に勉強してこなかったんだけど、謎を解いてるうちにすごく勉強になって。ちゃんと勉強するとこんなにいろんなものが見えてくるんだな、って感心しちゃった」

「嬉《うれ》しい……」

五十鈴の目から遂《つい》に涙が流れ始めてしまった。ティッシュを取り出して洟《はな》をかむ五十鈴に、ちかは少し待ってから訊《たず》ねてみる。

「あの貯金箱とかも、全部五十鈴ちゃんが作ったの？　すごく手が込んでたよね」

「あ、あれは、アイデアを出したのは私なんですけれど、実際に作ってくれたのは別の作家さんで……私と担当編集さんが同じなんです。打ち合わせでアイテムはどうしようって話になったときに、手先が器用で都合のいい人がいるって、担当編集さんが手配してくれて」

「それも電撃文庫の人？」

「はい。誰なのかはっきりとは教えてもらえなかったんですけれど、豚マニアで、豚が出てくる作品ばかり書いてる人だそうです」

「だから豚の貯金箱だったんだ」

ちかはリュックから今までのアイテムを取り出した。

思えば遠いところまで来たものだ。新宿駅《しんじゆくえき》から始まって、代田橋《だいたばし》まで歩いて、次は行田《ぎようだ》まで飛ばされて、鎌倉《かまくら》をあっちこっち歩き回り、最後は江戸城を巡ってこの場所に辿《たど》り着《つ》いた。

それは思いがけない旅路。

知らない世界を見せてくれる、ちかの大好きな旅だった。

それからしばらく、二人は時間を忘れて謎解き旅のことを話した。五十鈴は思ったよりもちかのことをよく観察していたようで、ちかはなんだか恥ずかしくなってしまった。他の人にはあんまりこういうことしない方がいいよ、と念のためさりげなく注意しておく。

空腹に気づいたのは午後三時を回ろうというころで、二人は近くの立ち食いうどん屋で温かい讃岐《さぬき》うどんを掻《か》き込《こ》んだ。

五十鈴はこの後さっそく原稿をしなければならないという。一緒にJR飯田橋駅《いいだばしえき》へ向かう。

交番に守られた石垣を見上げながら、ちかはふと考える。

「全然意識してなかったけど、飯田橋駅って江戸城のすぐ外にあるんだね」

「外濠《そとぼり》の中にあるから、そういうことになります。以前はもっと東側にあったんですけれど、外濠《そとぼり》が曲がっていたのでそれに合わせてホームも曲がっていて。それで電車とホームの間に大きな隙間ができてしまっていたため、現在の場所に移動した、とか……」

「ああ！　確かにずっと工事してた！」

「今も東口の方に昔のホームが残っていて、あちらから出る場合は少し歩きます」

「なるほどねえ。あの部分は外濠《そとぼり》のカーブだったんだ」

と納得してから、さらに疑問が湧いてくる。

「でもさ、そもそもの話、どうして曲がったとこにホームなんて作ろうと思ったんだろ」

答えを期待しない疑問のつもりで言ったのだが、五十鈴は真剣に返してくる。

「飯田橋駅は、このすぐ西にあった牛込駅《うしごめえき》と、もう少し東にあった飯田町駅《いいだまちえき》という、距離の近い二つの駅が統合されて、その間に造られたものなんです。実は、この飯田町駅というのが、KADOKAWAをはじめとする出版社がこの地域で栄えた理由の一つでもあって――」

詰め込むようにしてそこまで話してから、五十鈴は急に口を噤《つぐ》んでしまった。

もう改札口は目の前だった。

「ごめんなさい。詳しいことは小説に書きます。鈴ヶ森先生のところにも編集部経由で献本をお送りしますので、ぜひそちらで確認してみてください。今日はありがとうございました」

五十鈴は立ち止まってちかの方を向くと、深々と頭を下げた。

彼女の横顔を、西日がどこか切なく照らす。それはお別れの挨拶だった。

「そっか、原稿しなきゃだもんね。こちらこそありがと」

言ってから、ちかは五十鈴の向こうで素晴らしい景色が広がっていることに気づいた。

広い濠《ほり》の上に造られたJR飯田橋駅の西口は、相対的に、高台となっている。駅ビル前の広場からは、外濠《そとぼり》に敷かれた線路と、その左右に建つビル群が、とてもきれいに見えるのだ。

顔を上げた五十鈴が、もう一度小さくお辞儀をしてから改札口へと歩き始める。

あれ、とちかは思った。何もおかしくないはずなのに、違和感が拭えない。

本当にこれでよかったんだっけ、と自分の中から誰かの切実な声が聞こえてくる。

世界はこんなに広くて、こんなに面白いのに、どうして私たちは今この瞬間、そちらへ踏み出すことさえためらってしまうんだろう。そう問いかけるように。

「ねえ、五十鈴ちゃん」

ちかは反射的に、去っていく背中に呼び掛けていた。

五十鈴は驚いた様子で振り返ってくる。ちかも自分がそんな行動に出た理由がしばらくわからなかった。でも五十鈴の目を見て、自分が何をしたくなったのか確信する。

まだ太陽は沈みそうにない。石垣の外に広がる神楽坂《かぐらざか》の街は、立体的にきらきらと輝いている。飯田町駅のあった場所はそう遠くないはずだ。そこには今も何か残っているだろうか。探しながら出版社との関係を考えたりしたら、きっと楽しいに違いない。

今夜の予定は特になかった。どんな謎が待ち構えていてもいいように、空けておいたから。

きっと原稿だって——なんとかなるだろう。

登ってみた方がいい階段というのは、実はそこらじゅうにあるはずなのだ。

風に背中を押され、ちかは思い切って提案してみる。

「原稿に取りかかる前にさ、どっか一緒に、歩いてみない？」

所要時間の目安：？？？
歩く距離の目安：？？？

あとがき

物語と旅はよく似ています。どちらも日常から離れて違う世界へ飛び込んでいく営みです。娯楽が溢《あふ》れる現代でどうすれば小説を手に取っていただけるかということを最近よく思案するのですが、そのなかで行き着いた一つの答えが「旅好きな人に読んでもらえて、読書好きな人に旅に出てもらえるような小説を書くこと」でした。本書の出発点はそこにあります。

拙作『豚のレバーは加熱しろ』は電撃マオウにて、みなみ先生によるコミカライズを連載していただいておりまして、そのご縁で同誌の『ざつ旅』も毎回楽しみに読んでおります。ここに感想はとても書ききれないのですが大好きな漫画で、スピンオフを書かせていただける運びとなり大変光栄です。この企画を快諾してくださった石坂《いしざか》ケンタ先生、編集の吉岡《よしおか》さん、本当にありがとうございました。鈴ヶ森《すずがもり》さんにもお礼をお伝えください。

本書は鈴ヶ森さんの普段の旅を描く『ざつ旅』が未読でも楽しめるよう工夫したつもりですが、まだお読みでない方はぜひお手に取ってみてください。四月現在アニメも放送中です。

最後に念のため但し書きを。本書のストーリーは二〇二一年ごろの出来事ですが、舞台については二〇二五年現在と合致するよう調整しています。また、もし現地が工事中だったり様子が変わっていたりしてもどうかご容赦願います。それはそういう「現象」のようです。

二〇二五年四月　逆井卓馬

自分のキャラクター達が
小説で動くという
とても楽しい機会を
あたえて頂き
ありがとうございました!
彼女達の足取りを
辿って温泉
に行こう!!
石坂ケンタ

本書に対するご意見、ご感想をお寄せください。

ファンレターあて先
〒 102-8177　東京都千代田区富士見 2-13-3
電撃文庫編集部
「逆井卓馬先生」係
「石坂ケンタ先生」係

本書は書き下ろしです。

電撃文庫

ざつ旅謎《たびなぞ》 -That's "Mystery" Journey-

逆井卓馬《さかいたくま》

原作／石坂《いしざか》ケンタ

2025年5月10日　初版発行

発行者　山下直久
発行　株式会社KADOKAWA
〒102-8177　東京都千代田区富士見2-13-3
0570-002-301（ナビダイヤル）
装丁者　荻窪裕司（META＋MANIERA）
印刷　株式会社暁印刷
製本　株式会社暁印刷

●お問い合わせ
https://www.kadokawa.co.jp/（「お問い合わせ」へお進みください）
※内容によっては、お答えできない場合があります。
※サポートは日本国内のみとさせていただきます。
※ Japanese text only

※定価はカバーに表示してあります。

ISBN978-4-04-916345-2　C0193　Printed in Japan

電撃文庫　https://dengekibunko.jp/

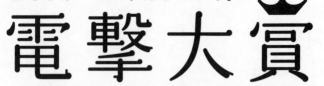